Franz Kratter

Alexander Menzikof

Ein Trauerspiel in fünf Aufzügen

Franz Kratter

Alexander Menzikof
Ein Trauerspiel in fünf Aufzügen

ISBN/EAN: 9783744613231

Hergestellt in Europa, USA, Kanada, Australien, Japan

Cover: Foto ©Andreas Hilbeck / pixelio.de

Weitere Bücher finden Sie auf **www.hansebooks.com**

Personen.

Peter Alexiewicz, Czar von Rußland,
Alexander Menzikof, Feldmarschall.
Fürst Amilka.
Natalia Cuwansky.
Fürst Ossodar.
Massalsky, Senator.
General Bauer.
Graf Tzudof.
Cyrilla, dessen Tochter.
Peterchen, ihr Kind.
Fürst Serdjukow, zum Hofnarren verurtheilt.
Präsident des obersten Criminalgerichts.
Acht Richter.
Ein Mohr.
Ein Kerkermeister.
Dentschike, Soldaten, Verschworne.

Erster Aufzug.

(Ein enger, finsterer, tief gewölbter Gang. Der Länge und Breite nach eiserne Thüren zu Gefängnissen. Da und dort das Gewölbe mit einer düstern Lampe beleuchtet)

Erster Auftritt.

Cyrilla. Ein Kerkermeister.

Cyrilla. (hastig heraus; dann zurücksehend) Wo bist du?

Kerkerm. (noch innerhalb der Scene) Oho, ich komme schon.

Cyrilla. Du bist die Trägheit im Bilde. Du schleichst, als ob man dich um den Tod für deine Seele geschickt hätte. –

Kerkerm. (mit einem Bund Schlüssel langsam herein; eben so langsam seine Laterne niedersetzend) Sagt, was ihr wollt. Ein für allemal, ich lasse mich nicht übertreiben.

Cyrilla.

Cyrilla. So geh doch!

Kerkerm. Hat keine Eile.

Cyrilla. O wenn du fühlen könntest —

Kerkerm. Ich eile für mich nicht gerne, geschweige für andre Leute.

Cyrilla. Du mußt itzt weder Vater, noch einst Sohn gewesen seyn.

Kerkerm. (langsam die Laterne aufhebend) Eitel Geschwätz! (sie bey einer Gefängnißthür niederlassend) Hätte wahrlich nicht geglaubt, daß die Sonne dem Alten noch einmal das Gesicht blenden soll.

Cyrilla. Hier mein Vater? Gott!

Kerkerm. Laß doch sehen, ob ich die rechten Schlüssel habe. (untersucht langsam)

Cyrilla. Zaudernder Bösewicht!

Kerkerm. Ja, sie sind's. (sperrt ein Schloß auf) Mit dem ersten wär ich fertig. (wirft die Schlüssel auf die Erde, und schneuzt sich)

Cyrilla. Liebe Tugend, Geduld, dießmal wirst du zum Verbrechen. (hebt die Schlüssel auf, um sie ihm zu geben) Wenn du ein Mensch bist — —

Kerkerm. Laßt mich. (sie wirft die Schlüssel ihm vor die Füße) Ich glaube gar, ihr habt Galle. (sperrt das zweyte Schloß zaudern auf) Stark verröstet!

Cyrilla. Laß mich! vielleicht gehts besser.

Ker.

Kerkerm. Gebt mir Friede, sag' ich, oder ich laß euch einen halben Tag stehen. (ihr die Hände besehend) Ja euren Geldkasten aufzusperren, dazu mögt ihr Kräfte genug haben.

Cyrilla. Ist dir um Geld zu thun? Da, nimm, nimm!

Kerkerm. (schneuzt sich mit langsamer Eilfertigkeit) Nun wird's gehen. (sperrt das dritte Schloß auf) Heraus, Alter!

Zweyter Auftritt.

Die Vorigen. Tzudof (in altrussischer Kleidung, mit einem langen Bart.)

Tzudof. (noch innerhalb des Gefängnißes) Holt man mich zum Tode?

Cyrilla. (reißt die Thüre vollends auf, und stürzt ihm in die Arme) Mein Vater!

Tzudof. (in einer Art von Betäubung.) Was ist das?

Cyrilla. O mein Vater!

Tzudof. Bist du's? — O meine Cyrilla, du bists!

Kerkerm. (im Abgehen) Närrische Leute!

Cyrilla. Ich hab euch wieder!

Tzudof. Wie kommst du zu mir?

Cyrilla. Ihr seyd frey!

Tzudof. Frey, frey, mein Kind?

Cyrilla. (ihn in den Armen haltend) Armer Vater!

A 3

Tzu-

Tzudof. O Cyrilla, mein Kind!

Cyrilla. (mit starrem Blick auf ihm ru=
hend.) Wie seyd ihr alt geworden, mein Vater!

Tzudof. Um ein halbes Jahrhundert älter!

Cyrilla. Wie ihr aussseht!

Tzudof. Wie Einer, mein Kind, der zehn
Jahre im Gefängniß schmachtete.

Cyrilla. O Gott! wer litt diese Ewigkeit
hindurch entsetzlicher, als ich!

Tzudof. Doch nein, nicht so, nicht ganz
so! Sondern wie Einer, der nicht ganz un=
glücklich seyn konnte.

Cyrilla. Ihr nicht ganz unglücklich?

Tzudof. Hatt' ich nicht eine Tochter, die
für mich bethete und sorgte?

Cyrilla. O mein Vater!

Tzudof. Wie oft hat das süße Andenken
an dich alle Gefühle von Jammer und Elend
in mir erstickt! Nach zehn entsetzlichen Jahren
drück' ich dich wieder das erstemal an dieses
glühende väterliche Herz. Fühle doch, wie die=
ses Herz klopft!

Cyrilla. Ihr habt es in eurem Elend nicht
verlernt' zärtlich zu seyn.

Dritter Auftritt.

Natalia. Kerkermeister. Vorige.

Natalia. (noch innerhalb der Scene)
Wo sind sie? (den Kerkermeister, der lang=

sam

sam mit der Laterne voraus geht, zurück-
stoßend) Hier! (auf Tsudof mit ausgestreck-
ten Armen zueilend) Willkommen, Graf!
willkommen im düstern Wohnhause des ewig
mitternächtlichen Schreckens!

Tsudof. Wer seyd ihr?

Cyrilla. Kennt ihr die Fürstinn Natalia
nicht?

Tsudof. (mit Entzücken) Seyd ihr es?
O Gott, euch seh' ich wieder? Das sanfte,
blühende, liebvolle Mädchen! — O Kinder,
mehr als die Erscheinung eines Engels ist das
meinem Herzen, wieder einmal den Blick am
Reize menschlicher Antlitze weiden zu können.

Cyrilla. Natalia ist auch wirklich die Erscheinung eines Engels. Seht in ihr eure Retterinn,

Tsudof. Nicht in dir selbst?

Cyrilla. Ist euch das ein Unterschied, mein
Vater? Was sie that, konnte sie thun. Was ich
nicht konnte, wünschte ich zu können. O eure
Tochter ließ die demüthigendsten Wege nicht
unversucht.

Tsudof. Haltet mich, Kinder! Meine Knie
brechen. Ich sollte mich niederwerfen vor euch;
aber das Uebermaaß plötzlicher Freude, die Gefühle des zitternden Dankes haben meine Glie-
der gelähmt.

Natalia (zum Kerkermeister) Ist kein
Stuhl in der Nähe?

Kerkerm. Dort in dem Loche steckt einer.

Natalia. Soll ich ihn selbst hohlen?

Kerkerm. (bringt ihn, und stellt ihn unsanft nieder) Da habt ihr ihn. (geht ab)

Tsudof. Nur ein Paar Augenblicke vergönnt mir auszuruhen. — Kinder, wie ist es euch denn ergangen während dieser kleinen Ewigkeit?

Natalia. Ich habe schwere, entsetzliche Schicksale durchlebt!

Tsudof. (ihre Hand streichelnd) Man sollt' es nicht glauben, wenn man euch ansieht.

Natalia. Denkt mich als das Weib des Fürsten Cuwansky.

Tsudof. Des Ungeheuers?

Natalia. Und ich hab euch mein überstandenes Elend nach seinem ganzen Umfang erzählt.

Tsudof. (bange und theilnehmend) Aber doch euer überstandenes Elend?

Natalia. (ihn küssend) Dank lieber Vater, für die Wärme eures Antheils! Der Barbar stürzte im Augenblicke schäumender Wuth zur Erde.

Tsudof. Und war todt?

Natalia. War todt.

Tsudof. Nun seyd ihr Wittwe, und wieder frey?

Natalia. Nein; doch hab' ich die eisernen Fesseln mit Rosenketten vertauscht.

Cyrilla. Sie ist die Verlobte des liebenswürdigsten Mannes in Rußland: Menzikof —

Tzudof. Menzikof? der Mann ist mir bekannt.

Natalia. Erinnert ihr euch des Menzikofs, der in Moskau als Pastetenknabe den Czar gewann?

Tzudof. Den der Czar erziehen ließ, dann zu sich ins Cabinet nahm, und zu verschiedenen Geschäften brauchte? Ist's nicht der?

Natalia. Eben der. Das Schicksal hat ihm die sonderbarsten Wege zur künftigen Größe vorgezeichnet. Sein kühn empor strebendes Verdienst erhob ihn schnell von Stufe zu Stufe. Den Jahren nach kaum noch Mann, bekleidet er wirklich schon die Würde eines Feldmarschalls.

Tzudof. Unerhört!

Cyrilla. Aber welch ein Mann, welch ein Muster für Männer ist er nicht! welch kühnen Unternehmungsgeist verbindet er nicht mit rastloser Thätigkeit! Wie ist er nicht gerecht und bieder bis zur eisernen Strenge gegen sich selbst! Mit welch unwiderstehlichem Zauber fesselt er nicht im geselligen Umgange Herz und Sinn! Was liegt nicht für Kraft, für erhabne Männlichkeit in seinem ganzen Wesen! Uns ist er der zweyte Czar. Was durch diesen nicht geschieht,

A 5   geschieht

geſchieht durch ihn. Alles, was durch ihn geſchieht, iſt unübertrefflich.

Tzudof. Du entzückſt mich. Aber darüber hab' ich vergeſſen, mich um dein Schickſal zu erkundigen.

Cyrilla. Ach mein Vater!

Tzudof. Als man mich einzog, warſt du
mit Serdjukow in einem Liebesverſtändniß.

Cyrilla. Ein andermal mein Vater!

Tzudof. Warum nicht itzt? Hat dich Serdjukow verlaſſen?

Cyrilla. Nein!

Tzudof. Du ihn?

Cyrilla. Nein.

Tzudof. Lebt er noch?

Cyrilla. Leider!

Tzudof. Und iſt vielleicht gar —

Cyrilla. Verurtheilt wollt ihr ſagen?

Tzudof. Zum Tode?

Cyrilla. O daß ers wäre!

Tzudof. Entwickle mir das ſchreckliche
Räthſel.

Cyrilla. O des Schimpfes und der Schande! Er iſt — wie kann ich euch das ſagen! Der
Unglückliche wurde in eine Verſchwörung gegen
den Czar verwickelt. Alles kam an den Tag.
Er ſtellte ſich von Sinnen. Aus dem Grunde
verurtheilte ihn der Czar zu ſeinem — Hofnarren.

Tzu-

Tzudof. Hart, sehr hart, und dabey sehr gnädig!

Cyrilla. Aber ach! noch wißt ihr nicht alles, mein Vater.

Tzudof. Noch nicht alles?

Cyrilla. Wir liebten uns — wir waren uns Alles! Auf seinem Muthe, auf seiner Liebe zu mir ruhte meine einzige Hoffnung, euch, mein Vater, wieder aus dem Gefängniße zu retten. — Der Preis dieser Rettung war ich. — Werdet ihr nun zürnen, Vater, wenn die Lieb das voraus belohnte, was die kindliche Dankbarkeit wünschte — wenn ich noch vor eurer Rettung Hand und Herz ihm gab?

Tzudof. Cyrilla!

Cyrilla. Er wollte unsre Vermählung öffentlich gefeyert wissen — ich zitterte vor dem Zorne des Czars, der euch, mein Vater haßte — ich verzweifelte an eurer Rettung, wenn dieser unsre Verbindung erführe; Serbjukow kann den Gefangenen nicht befreyen, wenn er den Zorn des Czars mit ihm theilet, so dachte ich, reichte heimlich dem Fürsten meine Hand, und ein vertrauter Pope segnete den Bund unsrer Liebe.

Tzudof. O meine Tochter!

Cyrilla. Die Natur schlang bald noch engere Bande um unsre Herzen — aber ach! noch eh' er den Namen Vater stammeln hörte — ward mein Gatte mir aus den Armen gerissen.

riſſen, und zu Schimpf und Schande verur=
theilt — Weinet nicht, Vater!

Tzudof. Kindliche Liebe mit ſo vielem Jam=
mer belohnt!

Cyrilla. Nun ſeyd ihr ja frey, mein Va=
ter! — Nun weis ich von keinem Jammer in
dieſer weiten Welt!

Tzudof. O daß ich dir genug danken könn=
te für all' deine Liebe — deine Pflege —

Cyrilla. Daß ich mein ſchmales Stückchen
Brod mit euch theilte, war ja das Geringſte,
was ich für euch that. Ich beſtürmte das Mit=
leiden der Großen, ſuchte die Richter gegen das
Recht zu beſtechen, das Recht gegen die Gerech=
tigkeit zu empören, wagte es ſogar, mit Un=
möglichkeiten zu kämpfen; litt endlich einſame
trauervolle Tage, durchweinte, durchjammerte
entſetzliche Nächte um euch — Doch alles —
alles vergilt mir dieſer Augenblick reichlich!

Tzudof. (drückt ſie an ſein Herz) Ver=
zeih deinem alten Vater!

Cyrilla. O mein Vater!

Tzudof. Lebt dein Kind? — O laß mich
dein Kind ſehen!

Natalia. Kommt, Graf! Ihr müßt euch
freuen, wenn ihr auch nicht wolltet. (ſie füh=
ren ihn ab)

Vier=

Vierter Auftritt.

(Ein Saal im Palaſt des Czars)

Der Czar, Serdjukow. (Serdjukow, als
Hofnarr, in einer bunten Jacke, mit einer
Schellenkappe und einer Narrenkolbe.
Sie ſpielen Schach.)

Serdj. Schade, ewig Schade!

Czar. Warum?

Serdj. Daß der Bauer da kein Narr
iſt.

Czar. Warum?

Serdj. Der Narr wäre dann über den
König.

Czar. Spricht das der Narr? Oder —

Serdj. Der Narr, der Narr! Wer dürfte
das ſonſt, als der Narr?

Czar. Kennſt du die Knute?

Serdj. (ſich verneigend) Tiefern Reſpekt
vor der Knute, als vor dir ſelbſt.

Czar. Biſt du wieder beſoffen?

Serdj. Leider noch nicht! Aber ich werde
deine Geſundheit trinken, und die meine erſäufen.

Czar. Biſt du deiner Geſundheit ſo gram?

Serdj. Herzlich gram!

Czar. Seit wie lange?

Serdj.

Serdj. Seit dem du das schöne Handwerk treibst, die Kunte zur Lehrmeisterinn deines Volks zu machen.

Czar. Nichts elenders auf der Welt, als grober Witz!

Serdj. Nichts häßlichers in der Welt, als die Knute in der Hand eines Königs. (sie spielen fort) Ich werde die Königinn in die Flucht treiben.

Czar. Thu das, thu das, und ich mache den Narren zum Fürsten.

Serdj. (springt auf, und stößt das Schachbret um) Hier!

Czar. Warum?

Serdj. Weil sich der Narr erinnert, daß der Fürst nie Schach spielte.

Czar. Grober Narr!

Serdj. Wir Beyde sind zu beklagen. Du leidest Mangel an Geld, seit dem du die Oekonomie an deinem Hofe eingeführt hast, und ich an Witz, seit dem ich dein Narr seyn muß.

Czar. Fort!

Serdj. Recht gerne. Beiß dir keinen Zahn an dieser Nuß aus! (geht ab)

Fünf=

Fünfter Auftritt.

Czar, General Bauer.

Bauer. Gnädigster Herr!

Czar. Was willst du?

Bauer. Ich bitte um meine Entlassung.

Czar. Was veranlaßt dich dazu?

Bauer. Nichts, oder was in eurem Auge so viel als nichts ist, mein eigener Wille.

Czar. Ohne Bitterkeit! Warum willst du die russischen Dienste verlassen?

Bauer. Ich bin eine von den wunderlichen Seelen, denen nirgends wohl seyn kann, wo ihnen zu wohl ist.

Czar. Deutscher Mann! mir deinen Blick gerade ins Gesicht! so! Nun sag' mir, war dir in meinen Diensten wirklich so wohl?

Bauer. (mit halb unterdrücktem Seufzer) Einst, ja, einst war mir in eurer Majestät Diensten sehr wohl.

Czar. Und nun?

Bauer. Ich trug sie dem Czar an, nicht dem Feldmarschall Menzikof.

Czar. Was willst du damit?

Bauer. Daß er so gut der Diener des Czars ist, als ich; daß der Diener auf den Diener nicht herab sehen soll.

Czar. Du verklagst den Freund bey dem Freunde.

Bauer.

Bauer. Ich Thor ich! Freylich, der Feldmarschall ist der Abgott eurer Seele, und ich,
ich habe Unrecht, weil ich nicht der Feldmarschall bin.

Czar. Weißt du, mit wem du sprichst?

Bauer. Mit dem Czar. Aber der Czar
mag auch wissen, daß ich ein freyer, deütscher
Mann bin, der sich nicht zu gering dünkt,
auf die Achtung seines Czars Anspruch zu machen.

Czar. Wodurch beleidigte dich Menzikof?

Bauer. Ich bin gekommen, um Entlassung
zu bitten.

Czar. Red', ich befehls!

Bauer. Der Feldmarschall begegnet mir
mit Verachtung. Ich ließ mich in Sachen von
dringender Wichtigkeit dreymal bey ihm melden,
und wurde nicht vorgelassen. Vor drey Tagen
gab er auf eurer Majestät Befehl Tafel, und
lud alle Offiziere, mich allein ausgenommen,
dazu. Gestern begegnete ich ihm und grüßte
ihn dem ohngeachtet. Er dankte mir nicht.
Ich bin ein Deutscher, und verstehe mich besser
darauf, zu verachten, als Verachtung zu ertragen.

Czar. Alter Grillenfänger! komm Nach-
mittag. Bist du da kältern Blutes, und be-
stehst auf deiner Entlassung, so magst du sie haben. Itzt geh!

Bauer. (geht ab)

Czar.

Czar. Ist übrigens ein braver Soldat. Sollte mir leid thun um ihn. (läutet; ein Dentschik kömmt) Ins Arsenal! (geht ab)

Sechster Auftritt.

(Wohnung des Fürsten Amilka)

Amilka, Massalsky.

Massalsky. (hastig herein) Tzubof ist frey.

Amilka. Ich weis es.

Massals. Wißt ihr, durch wen?

Amilka. Auch das weis ich.

Massals. Meine Pappie, sind versiegelt. Wir sind zur Verantwortung gefordert.

Amilka. Das bringt dich aus der Fassung? (ihn bey der Hand fassend) Wir verantworten uns, Massalsky! Unser Plan ist reif. Diesen Plan ausgeführt, und sie haben Antwort.

Massals. Ich bin fertig. Ein wahrhaft kindlicher Streich von eurer Tochter.

Amilka. Verderben über die Verrätherinn! Ha! ich will ihr ein Brautlager bereiten, darinn ihr wohl werden soll, daß sie das Aufstehen darüber vergißt. Nun sinds nur Extreme, die wir vor uns haben: Muth, Massalsky, Muth bis zur Raserey; das Eine ersteigen zu

B   kön-

können, um nicht unvermeidlich in das Andere
hinab stürzen zu müssen! Peter muß diese Nacht
erwürgt werden, sonst sieht es schlimm um unsere Verantwortung aus.

Massals. Verlaßt euch auf mich, Fürst!

Amilka. Bring diesen Abend noch unsre
Leute zusammen, und veranstalte alles genau
nach unserer Verabredung.

Massals. Wie gesagt! verlaßt euch auf
mich.

Amilka. Aber sind unsere Leute, wie sie
seyn sollen?

Massals. Ich denke, ja.

Amilka. Nicht jeder Bösewicht taugt zum
Rebellen.

Massals. Unter hundert Bösewichtern kaum
Einer. Aber wenn ihr alle Gegenden, alle
Räuberhöhlen von drey Königreichen durchsucht,
so bringt ihr sie nicht besser zusammen. Seht
einmal diese Liste durch! (überreicht ihm ein
Pappier) Eben so viel Stufen auf Rußlands
Thron für euch, als ihr hier Namen findet.
Freylich nur elende Tropfen; aber dabey eisen-
feste Kerls; Bojaren, Strelitzen, Soldaten,
Beamte, Schneider und Schuster, Alle geschmie-
det an das Joch des Vorurtheils, Alle Feinde
der Neuerungen, Alle gekränkt, und mißmuthig
gemacht durch den Despoten.

Amilka. (liest) General Uglitz?

Maſſals. Er war ein Strelitze; ſollte ein Regiment bekommen, und wurde ſchon zum drittenmal hintangeſetzt.

Amilka. Oberſter Puskin?

Maſſals. Ein Sohn des ehemals reichen, nun nach Siberien verbannten Puskin.

Amilka. Was ſehe ich? General Bauer? Mit dem Kerl nimm dich in Acht!

Maſſals. Beleidigt durch den Stolz des Feldmarſchalls forderte er heute ſeinen Abſchied. Seyd unbeſorgt! ich laſſe ihn nicht aus dem Auge, bis der Streich geführt iſt.

Amilka. (nachdem er den Reſt für ſich durchgeleſen) Jeden an ſeinen Platz zu ſtellen, ſey deine Sorge!

Siebenter Auftritt.

Natalia. Vorige.

Amilka. (da er ſie kommen ſieht, zu Maſſalsky auf der Seite) Daß ſie um Mitternacht verſammelt ſind! Hier ſind die Schlüſſel zur hintern Gartenthür, hier zur verborgenen Stiege im Palaſt.

Maſſals. (geht ab)

Amilka. Seyd ihr es, Fürſtinn?

Natalia. Mein Vater —

Amilka. Wahrlich ein mitleidiges, gefühlvolles Geſchöpf!

B 2   Na.

Natalia. Entehrt Handlungen der Pflicht und Menschlichkeit nicht mit dem Tone des fühllosen Spottes. Tzudof litt unschuldig. Faßt ihr den ganzen, schrecklichen Sinn dieser Worte? Es scheint nicht, wenn ich aus diesem kalten Blicke, aus dieser ruhigen Miene auf den Zustand eurer Seele schließen soll.

Amilka. O ihr habt eine herrliche That gethan.

Natalia. Der Zufall spielte mir die geheimen Pappiere meines verstorbenen Mannes in die Hände. Zum Glück erhielten sie Tzudofs volle Rechtfertigung. Das Herrliche dieser That gehört ja nur dem Zufalle. Wie wenig fällt davon auf mich, daß ich damit gehörigen Gebrauch gemacht habe! Was für ein Mensch müßte ich seyn, wenn ich ihn nicht gemacht hätte?

Amilka. Weh dir, daß du ihn gemacht hast!

Natalia. So viel ich aus den Pappieren schließen kann, so viel ich aus den Umständen, die in diesen Pappieren enthalten sind, schließen muß, war euch Tzudofs Unschuld bekannt. — Hört, mein Vater! Tzudofs Unschuld war euch bekannt, und ihr schwiegt — schwiegt zehn Jahre, und hattet diese langen, entsetzlichen zehn Jahre hindurch vielleicht keine unruhige Stunde darüber.

Amilka. Der unruhigen Stunden mehr als zu viel.

Natalia. Wirklich, mein Vater?

Amilka. Wiß', Elende!

Natalia. Mein Vater —

Amilka. Jzudofs Freyheit ist mein Verdammungsurtheil.

Natalia. Großer Gott, was habe ich gethan!

Amilka. Deinen Vater zu Grunde gerichtet. —

Natalia. Der Himmel erbarme sich meiner! (nach einer Pause) Nein, ich verzweifle nicht. Des Bösen Manches läßt sich ja wieder gut machen.

Amilka. Wie aus meiner Seele gesprochen. Muth und Entschlossenheit, und das Böse ist wieder gut gemacht.

Natalia. Mein Vater —

Amilka. Du bist ein bedeutendes Geschöpf geworden. Wohl! biethe deine Hand zu meinen Anschlägen!

Natalia. Sind es gute Anschläge, mein Vater?

Amilka. Und wenn es die gerade nicht wären?

Natalia. Dann mein Leben für das Leben meines Vaters! Aber zu bösen Anschlägen werde ich meine Hand nie biethen. — Massalsky war bey euch. Ihr spracht in geheim mit ihm.

B 3   Massals=

Maſſalsky iſt ein Böſewicht. Dieſer Böſewicht
war einſt der Vertraute meines Mannes, iſt
nun der Vertraute meines Vaters. Nein, nein,
es ſind keine guten Anſchläge. In eurem fun=
kelnden Auge leſe ich ſie, auf eurer finſtern,
fürchterlich ſich runzelnden Stirne, auf den
empörten Muskeln eures Geſichtes ſtehen ſie ge=
ſchrieben, alle die gräßlichen Anſchläge eurer
Seele.

Amilka. Was ihr doch für eine fromme
Tochter ſeyd!

Natalia. Noch immer ſpottet ihr, Fürſt?
Bey Gott, das ſolltet ihr nicht, in der Lage,
in der ihr ſeyd, bey dem Bewußtſeyn, das
ihr mit im Herzen herum traget.

Amilka. (aufgebracht) Ihr kennt mich:
ihr habt Erfahrung —

Natalia. Ich fürchte euch nicht, mein Va=
ter! Reizt meine kindliche Zärtlichkeit euren
Zorn, ſo werde ich darum doch nicht aufhö=
ren, aus allen Kräften zu verhindern, daß ihr
das nicht werdet, was ihr nicht werden dürft;
daß ihr weniger Verbrecher gegen den Staat,
weniger ſtrafbar vor dem Himmel ſeyd, und
wenn ich darüber das Opfer eurer Mißhandlun=
gen werden ſollte.

Amilka. Entfernt euch!

Natalia. Ich gehe; aber nie werde ich
aufhören, aus kindlicher Pflicht die entſchloſ=
ſenſte Widerſacherinn eurer Anſchläge, die muth=
vollſte

vollste Entgegenarbeiterinn eurer Unternehmun-
gen zu seyn. (geht ab)

Amilka. Elende! du hast den Tod über
dich ausgesprochen. Bist denn du die Erste meiner Widersacher und Entgegenarbeiter, die ich
mir aus dem Wege zu schaffen gewußt habe?
(geht ab)

Zweyter Aufzug.

(Ein offener Platz, von einer Seite der Palast
des Czars)

Erster Auftritt.

Tzudof, Cyrilla, Peterchen.

Cyrilla.

Ihr seyd müde, mein Vater! Wir machen
schon eine gute Strecke, und ihr wolltet nicht
fahren.

Tzudof. Im Wagen, da wäre ich ja
nicht frey gewesen. O die Freyheit, meine
Tochter —

Cyrilla.

Cyrilla. Ruht ein wenig auf dieser Bank aus! (sie setzen sich)

Tzudof. (zu Peterchen) Darfst schon ein wenig in der Nähe herum springen.

Cyrilla. Verliere uns nur nicht aus dem Gesicht!

Peterchen. Nein, Mutter!

Tzudof. (um sich schauend) Wie ist Alles so neu um mich, so glänzend, so groß, so prachtvoll! Meine Seele erhebt sich immer beym Anblick eines herrlichen Gebäudes. Da ist mir in einem solchen Augenblick, als ob nur große Menschen in Palästen wohnen dürften. —

Cyrilla. Und doch trifft es leider nicht allezeit zu.

Tzudof. Der Ezar ist wirklich groß. Ich brenne vor Begierde, ihn zu sehen. Von ihm dann zu unserer Wohlthäterinn, unserer Retterinn! He Peterchen! komm her da!

Peterchen. Da bin ich.

Tzudof. Kennst du die Fürstinn Natalia?

Peterchen. Das glaube ich. Da schenkt sie mir allemal viele schöne Sachen, nimmt mich auf den Schooß, küßt mich, und heißt mich fromm und gut seyn, wie es meine Mutter ist. Von dir hat sie mir auch recht viel erzählt.

Tzudof. Was denn, mein Kind?

Peterchen. (kindisch mitleidig) Daß man dich eingesperrt habe, in einen wilden häßlichen Ort, der noch viel finsterer ist, als die Nacht; daß du sehr geplagt werdest, und recht unglücklich seyst.

Tzudof. O mein Kind! (küßt ihn, und drückt ihn an sein Herz, wischt sich Thränen vom Auge) Geh, geh, Peterchen, daß ich dich deiner Freyheit nicht beraube!

Peterchen. (läuft weg, kömmt aber gleich wieder zurück) Sieh, Großvater, dort kömmt ein spaßiger Mann. Er hat Glocken auf seiner Kappe.

Zweyter Auftritt.

Serdjukow. Vorige.

Cyrilla. Gott, er ists! Verbergt mich, mein Vater!

Tzudof. Wer?

Cyrilla. Serdjukow.

Tzudof. Unglückliche! Wo hast du mich hingeführt?

Serdj. (der über die Gasse gehen will, hält, als er Cyrilla sieht, betroffen stille. Peterchen hüpft neugierig um Serdjukow herum; und tastet ihn etliche Mal furchtsam an) Wem gehörst du, Kleiner?

Peter

Peterchen. Meiner Mutter. Und wem du, bunter Herr?

Serdj. (ſich vor die Stirn ſchlagend) Ach ich habe einmal mir ſelbſt gehört. (faßt ihn bey den Händen) Wer iſt deine Mutter?

Peterchen. Siehſt du ſie nicht ſitzen dort?

Serdj. (in heftiger Bewegung) Das mein Kind! — Haſt du keinen Vater?

Peterchen. Was brauche ich einen? Habe heut erſt einen recht brafen Großvater gekriegt. — Du haſt eine ſchöne, ſchöne Kappe.

Serdj. Wünſche dir keine ſolche Kappe, Kind! (ihn wegſchiebend) Geh zu deiner Mutter!

Peterchen. (die Hände faltend) Ich bitte dich, laß mich deine Kappe ſehen, (Serdjukow neigt ſich zu ihm herab, und küßt ihn; Peterchen nimmt ihm die Kappe vom Kopfe, und ſpielt damit)

Serdj. (nach einer Pauſe) Cyrilla!

Cyrilla. Unglücklicher!

Serdj. Verzeih! ich habe dich nicht geſucht.

Cyrilla. O mein Vater!

Serdj. Das dein Vater?

Tzudof. Ihr ſeyd Urſache, daß ich mich meiner Freyheit nicht ganz freuen kann.

Serdj. Vergebung, ehrwürdiger Greis! Hat das Alter eure Gefühle nicht ſchon vollends vertrocknet, ſo bedauret mich.

Tzudof.

Tzudof. Ich bedaure dich, unglücklicher
Sohn!

Serdj. Nur einen Blick von dir, Cyrilla!
Haft du mich vergeffen?

Cyrilla. Nie, nie werde ich dich vergeffen.

Serdj. Ift das mein Kind?

Cyrilla. Verkennst du in ihm das Eben=
bild des Vaters?

Serdj. (hält das Kind in die Höhe,
ftarrt es an, und drückt es mit Innigkeit
an feine Bruft) Mein Sohn! mein Sohn!
(läßt ihn auf die Erde) Nun gieb mir meine
Kappe wieder. (mit wilden Geberden um fich
fchauend) Himmel und Hölle liegen hier in ei=
nem Gedanken. (geht fchnell ab)

Poterch. Mutter, was haft du dem Herrn
gethan?

Tzudof. Laß uns fort! hier bleibe ich kei=
nen Augenblick länger. (Alle ab)

Dritter Auftritt.

(Ein Saal im Palafte des Czars)

Bauer allein.

(in Gedanken auf und ab gehend)
Nein, was man dir auch gethan, wie man dich
auch verkannt und mißhandelt hat, nimmermehr
foll dich der Undank der Großen zu niederträch=

tigen Streichen verleiten. — Geh, Alter, da es
noch Zeit ist, und entehre auch unter fremden
Zonen dein deutsches Vaterland nicht! Ja, dei=
nen Abschied, und fort — Doch, Alter, wenn
du noch zuvor eine rühmliche That thätest, und
dann erst giengst? Wenn du zuvor — Aber hast
du auch Beweise? Und entdecken wollen, und
nicht beweisen können — Doch warum bleibst
du nicht so lange, bis du beweisen kannst? —
Du bleiben, du der einzige ehrliche Kerl unter
diesem Haufen von Schurken und Bösewich=
tern? — Doch was schreckt das den ehrlichen
Mann? — Die That schön finden, Muth zur
That haben, entschlossen zur That seyn, ist das
nicht Eins?

Vierter Auftritt.

Serdjukow. Bauer.

Serdj. Dein ergebener Sklave, alter Fecht=
meister!

Bauer. Ich bin kein Freund von ergebe=
nen Sklaven.

Serdj. Sage mir, was entscheidet den
Narren mit der Kolbe vom Narren ohne Kolbe?

Bauer. Ich bin nichts weniger, als auf=
gelegt, Narrengesichter zu ertragen.

Serdj. Merk dirs, die Kolbe.

Bauer. Schwätzer!

Serdj.

Serdj. Ich will dich eine schöne Kunst
lehren.

Bauer. Behalt deine Kunst für dich.

Serdj. Die Kunst, aus des elendsten
Schwätzers elendster Schwätzerey Nutzen zu
ziehen.

Bauer. Die Kunst möchte ich verstehen.

Serdj. Sie ist leicht; laß dir von ihm seinen Lebenslauf erzählen.

Bauer. Du sprichst sehr weise, Narr!

Serdj. Weißt du, warum die Weisheit in
der bunten Jacke weiser ist, als die Weisheit im
Amtskleide?

Bauer. Nein.

Serdj. Weil sie das ausschließende Privi-
legium hat, dem Narren ohne Unterschied des
Ranges die Wahrheit zu sagen.

Bauer. Fast möchte ich Ehrfurcht kriegen
vor der Weisheit in der bunten Jacke.

Serdj. Gieb mir deinen Degen, ich gebe
dir meine Kolbe.

Bauer. Wozu?

Serdj. Mich wandelt die Lust an, fürs
Vaterland zu streiten.

Bauer. Hättest du nie einen Degen ge-
habt, armer Narr, du trügst itzt keine Kolbe.

Serdj. (schlägt sich vor die Stirn) Oh!
(macht dann einen Rundsprung, und affek-
tirt Munterkeit) Sag mir, bin ich nicht ein
lustiger Narr?

Bauer.

Bauer. Wie Einer, der lieber weinen möchte, wenn er lachen muß.

Serdj. Ich möchte dir die Schellen an den
Kopf schmeißen. (will ab)

Bauer. He noch ein Wort! Sind dir deine
Kappe und deine Kolbe lieb?

Serdj. (auf die Stirn deutend) Alter
Fechtmeister, da fehlt dirs! Wenn du karren
mußt, ist dir die Karre lieb?

Bauer. Dem alten Fechtmeister fehlts da
nicht, bunter Knabe! Ich habe mit dir zu sprechen. Folgst du mir, so hast du morgen weder
Kappe noch Kolbe mehr.

Serdj. Um den Preis kannst du mich auf
die Galleere führen.

Bauer. Wart, bis ich mit dem Czar gesprochen habe!

Serdj. (geht ab)

Fünfter Auftritt.

Czar. Bauer.

Czar. Ha! Schon da, Alter? Sey kein so
wunderlicher Murrkopf. Dem Feldmarschall fiel
es gar nicht ein, dich beleidigen zu wollen.

Bauer. (kalt und bitter) Nicht?

Czar. Du bist bey ihm nicht gemeldet worden. Dein Name befindet sich unter der Liste
der eingeladenen Offiziere. (sie ihm vorhal-
tend) Ueberzeuge dich selbst.

Bauer.

Bauer. Ich sehe.

Czar. Der Feldmarschall erwartet von dir die Gerechtigkeit, Fehler seiner Bedienten nicht ihm selbst zur Last zu legen. Auch erinnert er sich nicht, dir seit einigen Tagen auf der Gasse begegnet zu haben.

Bauer. Sein gehorsamer Diener! Auf diese Art werde ich wohl gezwungen seyn, dem Feldmarschall Abbitte zu thun?

Czar. (heftig) Das versteht sich von selbst.

Bauer. Der Feldmarschall hat Recht, weil es ihm ein Leichtes ist, Recht haben zu können; und ich Unrecht, weil ich nicht der Feldmarschall bin. — Ich bitte Ew. Majestät um meine Entlassung.

Czar. Du hast dich also keines Bessern bedacht?

Bauer. Frey bin ich gekommen, frey will ich wieder hinziehen.

Czar. Du bist entlassen. (läutet, giebt dem Dentschick einen Wink; er geht wieder ab). Noch einen Augenblick! (der Dentschick bringt auf einer Tatze ein Ordensband und Pappiere) Ich danke dir für deine Dienste. Mehr als einmal hast du Blut und Leben für mich und meine Staaten gewagt. Noch einmal: ich danke dir. Indessen soll man von mir nicht sagen, daß ich das obgleich unbescheidene, unbillig aufgebrachte Verdienst unerkannt und unbelohnt von mir lasse. (hängt ihm das Or-

dens-

densband um) Ritter des heiligen Andreasor-
dens! du hast nicht Ursache, dich zu schämen,
Mitglied dieser kleinen Gesellschaft von Männern zu seyn. (überreicht ihm noch ein Papier) Hier ist eine Anweisung zu vier hundert
Rubel jährlichen Gehalts. Verzehre sie, wo
dirs beliebt: bleib gesund und lebe wohl. (will
ab)

Bauer. (erholt sich aus seiner Betäubung, eilt dem Czar nach, wirft sich zu
seinen Füssen. Ew. Majestät!

Czar. Was willst du?

Bauer. Verzeihung!

Czar. Stehe auf!

Bauer. Nehmt alles wieder von dem Un-
würdigen zurück.

Czar. Es ist verdienter Lohn.

Bauer. Nun von Neuem, nun auf immer
Blut und Leben für meinen Czar! (will ihm
die Hand küssen)

Czar. Laß das!

Bauer. Der verirrte Sohn dem guten
Vater!

Czar. (giebt ihm einen Handschlag) Der
Mann dem Manne.

Sechster Auftritt.

Menzikof, Vorige. (während dieser Scene beschäftigt sich der Czar an einem Tische mit Schriften)

Bauer. (dem Menzikof entgegen) Herr Feldmarschall!

Menz. (ihn bey der Hand schüttelnd) Willkommen General!

Bauer. Vergebt mir, Herr Feldmarschall! ich habe euch sehr beleidigt.

Menz. Ein bloßes Mißverständniß, General! Bloße Mißverständnisse müssen ein Paar Männer nicht entzweyen, die sich sonst immer so ganz verstanden haben.

Bauer (für sich) Der weis den alten Bräsekopf von der rechten Seite zu packen.

Menz. Euch muß es ja selbst bekannt seyn, General! wie sehr ich mirs immer angelegen seyn lasse, ausländischem Verdienst die vorzüglichste Gerechtigkeit widerfahren zu lassen. Seine Majestät rufen würdige Männer mit großen Anerbiethungen in ihre Staaten, um von ihren Talenten, ihren Kenntnissen, ihrer Erfahrung Vortheile zu ziehen, ihre weisen Anschläge zu nützen, sie den noch zum Theile verwilderten Russen als Muster zur Nachahmung und Wetteiferung aufzustellen. Wie sollte man mir nun den Unsinn zumuthen, diese mir in jeder

C   Rück-

Rückſicht ſo ſchäßbaren Männer wieder verja,
gen, und ſo den großen weit ausſehenden Pla,
nen des Czars mit offenbarer Unwürdigkeit ent,
gegen arbeiten zu wollen?

Bauer. Ihr habt mich gegen mich ſelbſt
aufgebracht, Feldmarſchall?

Menz. Ich lege euch weiter nichts zur
Laſt, als ein wenig Uebereilung. Zufall und
Umſtände rechtfertigen eure Vermuthung. Laſſen
wir die Kleinigkeit vergeſſen ſeyn! Der ſchöne
männliche Gedanke: wir dienen einem Staate,
einem Fürſten, wir ſtehen hoch oben an, um
auf die Menſchheit zu wirken, wir wandeln auf
einer Bahn dem Ruhme der Unſterblichkeit ent,
gegen, verbanne mit einemmale allen Groll
aus unſerer Seele, leite uns unmitte. r nach
jenem erhabenen Ziele hin, wo auch entzweyte
Männerſeelen ſich wieder finden, und Freunde
werden. (Küßt ihn) Durch die Unverträglichkeit
von Männern, die das Schickſal an das Ru,
der des Staates geſtellet hat, gehen die edel,
ſten Abſichten verloren, werden die verfänglich,
ſten Mittel unwirkſam, ſind die rühmlichſten
Thaten nicht mehr zur Hälfte ſo zweckvoll.

Bauer. Junger Mann! wie ihr mich be,
ſchämt! Wahrlich, ihr ſeyd ein ganzer Schul,
meiſter für alte Knaben.

Menz. Morgen ſeyd ihr mein Gaſt.

Bauer. Morgen? — Recht gut, Feldmar,
ſchall! Morgen kann ich euch vielleicht wichtige,

re Dinge entdecken. (sich gegen den Czar verneigend) Ew. Majeſtät!

Czar. Servus, alter Bramarbas! Freut mich, daß du bey uns bleiben magſt.

Bauer. (geht ab)

Siebenter Auftritt.

Czar, Menzikof.

Czar. (nach einer Pauſe aufſtehend und den Menzikof freundlich bey der Hand faſſend) Von deiner Natalia?

Menz. Von ihr!

Czar. Warum das mit einem Seufzer?

Menz. Es iſt mir, als ob mich Freundſchaft und Liebe zu einem andern Weſen umgeſchaffen haben.

Czar. Ein großes Herz iſt unnennbarer Seligkeiten fähig. Meine Leidenſchaft iſt geheilt. Nun kann ich es ruhig, kann es mit der Entſchloſſenheit einer ungefärbten Seele ſagen: Sie iſt die Krone ihres Geſchlechts! nimm ſie, und ſey glücklich!

Menz. Ew. Majeſtät!

Czar. Wir ſind allein. Was hindert uns, unſre Seelen am Wohlklange der ſüßern Bruderſprache zu weiden?

Menz. Mein Peter! mein Freund!

C 2   Czar.

Czar. Soll der Freund nicht fürchten über der Freundinn zu verlieren?

Menz. Das soll er nicht.

Czar. Sind es nicht ganz andere Verhältnisse, in die du itzt trittst?

Menz. O ich müßte mich selbst vergessen, wenn ich es je vergessen könnte, was ihr mir seyd, was ich durch euch bin.

Czar. Ich hatte heute einen schönen einsamen Morgen. Ich dachte mein und dein Schicksal, das wunderbare Beginnen, das mächtige Fortschreiten unserer Freundschaft, dann auch die trübern Zeiten, in denen ich selbst mit der ganzen Welt überzeugt war, ein Fürst könne keinen Freund haben.

Menz. Seyd edel und menschlich, Fürsten! (am Herzen des Czars) Seht und lernt von meinem Peter, wie man am Herzen des Freundes den Stolz des Fürsten vergessen muß.

Czar. Mein Zutrauen zu dir ist grenzenlos. In dir fand ich endlich den redlichen Freund, den ich so lange vergebens gesucht habe, und hoffe nun so mit dir Hand in Hand, Herz an Herz durch alle die dunklen, zweydeutigen Schicksale dieses Lebens einer ruhmvollen Unsterblichkeit entgegen zu wandeln, wenn du — — —

Menz. Welch ein Gräuel des Undankes, welch ein Ungeheuer des Meyneides und der Treulosigkeit müßte ich nicht seyn!

Czar.

Czar. Ich baue Felsengebirge auf deine Freundschaft. In der Stunde brausender Leidenschaft dem Sturm zu entgehen, ist das Herz des weisen Freundes der sicherste Hafen.

Menz. Mein Peter, mein Freund!

Czar. Ich habe mich seit einer Zeit mit strengem Ernste durchgedacht. Gott, was bin ich für ein Mensch! Wie lieb', und wie verabscheu' ich mich zugleich. Die Natur muß mich aus wunderbarem Stoffe zusammen gesetzt haben, weil in mir solche Widersprüche möglich sind, weil ich so gut und so böse seyn kann.

Menz. Wer weis den Augenblicken seiner Schwäche wieder so schöne und große Thaten entgegen zu setzen?

Czar. O der allentsetzlichen Augenblicke meines Lebens! Da träumt der elende Träumer manchmal, sich von der Welt vergöttert zu sehen, die Sonne zum Thron, den Mond zum Schämel seiner Füsse zu haben.

Menz. Wie tief beugen uns dann mißlungene Plane wieder zur Erde!

Czar. Ein einziger Bösewicht macht mir oft eine Welt zum Abscheu. Da ergreifen mich dann Wuth und Raserey gleich wirbelnden Flammen; da möcht' ich in einem solchen Augenblicke das Blut entarteter Menschheit in einem Becher versammelt haben, um ihn mit einem Athemzug ausstürzen, und so den Grimm meiner Rachgierde damit abkühlen zu können.

C 3   Menz.

Menz. Eurer verzweifelten Lage, machten
sie euch solche Augenblicke nicht nothwendig?

Czar. Wenn mich der Sturm der Sinn-
lichkeit ergriff, mich die unedle Lust anwandelte,
die tugendhafte Tochter dem mütterlichen Schoo-
ße, das treue Weib dem Arme männlicher Zärtlichkeit zu entreissen, wenn —

Menz. Das ist nun mein Peter nicht mehr!

Czar. Ja, diese Zeiten sind vorüber.

Menz. Menschen sind wir Alle. Stünden
die geheimen Frevel jugendlicher Wildheit Jedem
auf der Stirne geschrieben, müßten nicht Achtung und Zutrauen aus dem Kreise menschlicher
Geselligkeit auf ewig verschwinden? Im reinen
Selbstkenntniß, mein Czar, liegt ja immer die
entschlossene Wiederkehr zur Tugend.

Czar. Doch, was hat mich auf einmal
so ganz verstimmt? An meine Geschäfte! Nimm
sie! sey glücklich! (er küßt ihn.)

Menz. Mein Peter! mein Freund! (geht
ab.)

Achter Auftritt.

Czar, Tzudof, Cyrilla, Peterchen.

Czar. (Anfangs allein, setzt sich an den
Tisch, und durchsieht Papiere.) Du willst
dich verantworten, Amilka? Wahrhaftig, es
kömmt

kömmt sehr zur Unzeit. Ich fürchte, die Ver=
antwortung fällt schlimm aus, und bringt
Schrecken und Elend über dein Haus. Wahr=
lich sehr zur Unzeit! Ist hier Schonung mög=
lich, so dank' es deiner Tochter. — Aber kaum
wird sie möglich seyn.

Tzudof. (langsam sich dem Czar nähernd)
Ew. Majestät!

Czar. (betroffen.) Ha! Was seh' ich?
Bist du es? Bist du Tzudof? (aufstehend und
ihn bey der Hand fassend.) Willkommen, Al=
ter!

Tzudof. Zehn Jahre im Gefängniß! Zehn=
jähriger Jammer des Unschuldigen!

Czar. Verzeih! fodre Genugthuung!

Cyrilla. Großmüthiger Czar!

Tzudof. Verzeihen? ja, verziehen sey es
euch, und der Gerechtigkeit. Wenn ich es auch
nicht vergessen kann, verziehen sey es euch doch.

Czar. Dank, Alter! herzlichen Dank.
Und nun deine Genugthuung.

Tzudof. Ich bin frey! O kein Schatz in
der Welt reicht an den Gedanken: Ich bin frey.

Czar. Aber deine Genugthuung! Fodre,
was du willst! Schone meiner nicht.

Tzudof. ....er, die noch in Gefängnissen
leiden, sind Viele — ach vielle..t auch Unschul=
dige darunter. (mit gefalteten Händen.) Gro=
ßer Czar, gedenkt derer, die unschuldig in Ge=
fängnissen leiden.

Czar.

Czar. Dank für diese Erinnerung. Das
will ich. Aber deine Genugthuung?

Tzudof. Ein in den Drangsaien des Ker=
kers hingejammertes Jahr vergütet kein König=
reich. Zehn solche Jahre! O bedenkt, daß ich
euch nun mit drey Worten zum armen Manne
machen könnte. — Doch ja, eine Foderung,
und ihr habt mir so viel als genug gethan.

Czar. Rede!

Tzudof. Laßt eure Gefangenen nicht län=
ger mehr das Spielwerk toller Hunde seyn;
gebt ihnen Menschen zur Pflege.

Czar. (ihn küssend.) Edler, verehrungs=
werther Greis! — Bösewichter wandeln frey
und ungeahndet vor meinen Augen herum? in=
dessen Tugend und Unschuld in Gefängnissen
schmachtet. O schreckliches Loos der Fürsten!
— Sey getröst, Alter! du sollst dich entsetzlich
an deinem Feind gerochen sehen.

Tzudof. Ich versteh' euch nicht, gnädig=
ster Herr!

Czar. Kennst du deinen Feind, deinen
Verderber nicht? — Du bist für Amilka's Pla=
ne zu ehrlich gewesen.

Tzudof. Amilka? So ist es wahr? —
Amilka? Gott!

Czar. (will läuten) Sogleich soll er die
Wache haben.

Cyrilla. (auf ihren Knien) Um Gottes=
willen, gnädigster Herr!

Tzudof.

Tzudof. Meine Wohlthäterinn, meine Retterinn war seine Tochter.

Cyrilla. Nahm sie meinem Vater die Fesseln ab, um die Hände des ihrigen damit zu fesseln?

Tzudof. (auf seinen Knien.) Schonung dem Vater, um der Tochter willen!

Czar. (heftig.) Das kann nicht seyn.

Cyrilla. Aufschub doch wenigstens!

Tzudof. Wenn es auch nur Aufschub bis morgen ist.

Czar. Warum das?

Tzudof. Damit ich noch zuvor den Dank meines Herzens zu Nataliens Füssen ausweinen kann, ehe dieses vortreffliche Weib Ursache hat, meiner Freyheit zu fluchen. Nur bis morgen, Ew. Majestät!

Czar. (bedenkt sich ein wenig.) Diese Bitte — je nu, sie sey euch zugestanden! (geht ab.)

Tzudof. Komm, meine Tochter! Gott, was für eine Zukunft eröffnet sich meinen Augen! (gehen ab.)

Neun=

Neunter Auftritt.

(Saal in Amilka's Sommerpalast.)

Amilka allein.

Glücklich kann sich der preisen, den höch-
sten Grad von Freyheit hat sich der erkämpft,
dem es einmal gelungen hat, sein Herz gegen
alle Arten fremder Eindrücke zu stählen. Wie
war ich so ruhig, als ich den Plan zum Verderben der Verrätherinn in mir reifen ließ!
Wie bin ich so ruhig, da ich mich mit der Ausführung dieses Plans beschäftige! Ich habe
das Band, mit dem die Natur sie an mich ge-
fesselt, gleichgültig entzwey gehauen. Sie ist
nun ein einzelnes, fremdes, von mir ganz ab-
gerissenes Wesen. — O es ist mir wohl! Es
triumphirt laut in mir, daß ich so fest entschlossen bin; daß nichts, sogar mein Untergang
von dem unwandelbaren Vorsatze mich nicht ab-
zuhalten vermag, sie zu verderben, sie, die
mein Blut war — —

Zehnter Auftritt.

Amilka.   Massalsky.

Amilka. Eben recht, daß du kömmst.
Mein Plan hat eine andere Wendung genommen. Peter wird diese Nacht erwürgt, dabey
bleibts.

Mas-

Maſſals. Dabey muß es bleiben, Fürſt!

Amilka. Aber wenn man nun fragt, wer ihn erwürgt habe?

Maſſals. So hat es Einer gethan, der ihm gewöhnlich am nächſten iſt, der ihn am wahrſcheinlichſten erwürgen konnte, Einer ſeiner Dentſchicke, oder Einer —

Amilka. Nein, Maſſalsky! Ich erreiche gern mit einem Mittel hundert Entzwake. Der Verdacht muß auf Jene fallen, die uns am meiſten im Wege ſind.

Maſſals. Die ſind?

Amilka. Menzikof und meine Tochter.

Maſſals. Fürſt!

Amilka. Vollkommene Rache, Maſſalsky, oder keine!

Maſſals. Aber Fürſt —

Amilka. Beyde müßen mit ins Spiel, aber ſo, daß wir die Thäter, ſie die Büßer ſind.

Maſſals. Vortrefflich, Fürſt! Aber — —

Amilka. Zweifler, wenn ſie ſich dieſe Nacht noch ſelbſt zu unſerm Bunde unterſchrieben, biſt du dann zufrieden?

Maſſals. Dann mehr als zufrieden, Fürſt!

Amilka. Er von Herkunft ein Sklave, ein Bettler, Baſtard eines armſeligen Paſtetenbäckers ſoll regieren in Rußland? Fürſten und

und Knesen des russischen Reichs sollen sklavisch
sich vor ihm bücken müßen? Herab mit ihm!

Massals. Herab mit ihm! Aber wie, Fürst?
Nehmt euch in Acht. Man hält ihn gewöhnlich
für den Mann, an dessen festem Sinne die
Fluth der Leidenschaft umsonst sich müde spühlt.

Amilka. Hahaha! Es giebt eine Tinktur,
Massalsky, mit der man die Mitternacht in
den hellen Mittag verwandeln, Sterne zur
Sonne, Teufel zu Engeln machen kann. Wenn
diese wirkt, so verkehrt sich die Ordnung der
Natur; die Tugend wird zum Scheusal, und
das Laster schön und bezaubernd, gleich dem
Lächeln der Wohllust.

Massals. Ich bin von der Größe eures
Verstandes überzeugt, Fürst! Indessen —

Amilka. Zweifler! tritt dem so genannten
großen Manne kühn in die Nähe. Er ist gewöhnlich um die Hälfte kleiner, als sein Schat-
ten. In was für Blößen habe ich diesen großen Mann Menzikof nicht schon gesehen! Da
sprach er dir von Standhaftigkeit, von Verachtung der Gefahr, von unwandelbarem Muthe
in jedem Wechsel des Schicksals, Trotz einem
prahlerischen Philosophen des alten Griechen-
lands, und eine Viertelstunde darauf sah ich
den weisen Stoiker zu den Füßen meiner Tochter weinen, ächzen, in winselnder Liebe zer-
schmelzen. Er war Offodars verschworenster
Feind, weil dieser Stolz genug besaß, nicht
unter

unter seine Anbether zu gehören. Was koſtete
es dieſen neulich mehr, als ein Paar derbe,
zur rechten Zeit angebrachte Schmeicheleyen,
um ihn wieder zu gewinnen, um durch ihn
General der Garde zu werden, und auf dieſe
Art die ſchnelle Ausführung unſers Planes zu
befördern. Muß man nicht lachen, wenn man
ihn mit ſo viel dreiſter Zuverſicht auf die Bu-
ſenfreundſchaft des Czars pochen ſieht, da er
ſich doch beynahe vor Wuth und Eiferſucht ver-
zehrt, wenn dieſer den Augen meiner Tochter
mit einem gefälligen Blicke begegnet? Verleiten
ihn Behaglichkeit oder Unmuth zu einem Becher über das gewöhnliche Maaß, ſo iſt's eine
wahre Augenweide, den Stoiker, den Helden,
den Freund und Mitregenten des großen Czars
Unſinn ſprechen, bramarbaſiren, ſtammeln,
lallen, zu Boden taumeln zu ſehen.

Maſſals. Wahrlich, Fürſt, ihr kennt euren Mann!

Amilka. Ich ſoll weniger mit ihm zu ſpielen im Stande ſeyn, da doch ein Becher Wein
ſo närriſches Spiel mit ihm zu treiben pflegt?
— Ich habe ſeinen Fall geſchworen, Maſſalsky! er iſt gefallen.

Maſſals. Mein Wunſch, Fürſt!

Amilka. Süße Trophäen meines Sieges!
Dieſe Nacht noch werde ich euch auf den Trümmern ſeiner Größe aufſtecken.

Maſſals. Ich will euch Siegeslieder dabey
ſingen, Fürſt!

Amilka. Du ſollſt Augenzeuge ſeyn: dieſe
Nacht will ich ſo lange alle ſüße mächtige Lei-
denſchaften des Körpers und der Seele gegen
ihn auffordern, bis ich ihn gegen ſich ſelbſt in
vollen Aufruhr gebracht habe.

Maſſals. Ihr geht den rechten Weg.

Amilka. Wein, Muſik, Schmeicheley,
Liebe, kennſt du dieſe bezaubernden allmächti-
gen Tyranninnen des menſchlichen Geiſtes nicht?
Götter liegen wie Menſchen gebeugt vor ihren
Thronen! Und dieſes armſeligen Mißgeſchöpfs
erſchlichene Fürſtengunſt ſollte aufrecht ſtehen
bleiben? O die Sinnen müßen dir vergehen,
wenn du alles dieſes ſiehſt, Maſſalsky! Die
ſüße Lächlerinn ſoll ihn bezaubern, ein gut an-
gebrachter Wechſel von Muſik bald ſanft ſeine
Sinnen kitzeln, bald ſeinen Geiſt mit hochklin-
gendem Lärm zur Entſchloſſenheit, zum Unter-
nehmen entflammen, die begeiſternde Kraft des
Weines ſeine Tugend beſtechen, und ſeine
Grundſätze erſäufen, der wohlriechende Weih-
rauch der Schmeicheley ſeinen Verſtand umne-
beln, der Silberklang der Lobeserhebung ſeine
Vernunft betäuben, daß er nichts höre, nichts
ſehe, nichts fühle, nichts denke, als ſich,
und ſo im wirbelnden Rauſche des Selbſtent-
zückens in den Abgrund ſeines Verderbens hin-
abtaumle.

Maſ-

Maſſals. Vortrefflich, Fürſt! Teufliſch groß! möcht ich beynahe ſagen.

Amilka. Wenn ich ihn dann habe, wo ich ihn haben muß, dann auf einmal mit ihm vom Himmel zur Hölle, von der trunkenſten Wonne hinab in den Abgrund grenzenloſer Verzweiflung; angefacht in ihm in hellen brauſenden Flammen alle tobenden, Rache und Verderbniß ütenden, nach Bruder = und Königsmord lechzenden Gefühle der Eiferſucht!

Maſſals. Ihr könntet mir ſelbſt furchtbar werden.

Amilka. Aber wie ſind die Anſtalten?

Maſſals. So gut, als ihr es nur wünſchen könnt.

Amilka. Was denken meine Leute von mir?

Maſſals. Ich wollte ſie bezaubern von euch, aber ſie waren es ſchon ohnehin. Sagt mir doch, Fürſt, wie ihr ſo ſehr das Zutrauen des Haufens zu gewinnen wußtet?

Amilka. Wie verſtehſt du das?

Maſſals. Alles, was Feind der Neuerungen iſt, hängt an euch, hoffet auf euch, bethet euch an. Allen heißt ihr der kluge, der einſichtsvolle, der fromme, der wohlthätige, der menſchnfreundliche Amilka. (mit vertrautem Lächeln) Und all das Mannigfaltige in Einem ſeyd ihr doch wahrlich nicht.

Amilka. Es zu ſeyn wäre leichter, als es lange

lange zu scheinen. Geh, und vergiß nicht, wie
nahe wir unserm Ziele sind.

Maffalsky. (geht ab)

Eilfter Auftritt.

Menzikof. Amilka.

Amilka. (ihm bis an die Thür entge=
gen kommend) Vergebt mir, Feldmarschall,
daß ich euch zu mir bitten laffe. Wir sind auf
dem Punkte einer nähern Verbindung. Es sind
Dinge von großer Wichtigkeit, die ich noch zu=
vor mit euch zu sprechen habe.

Menzik. Ich bin bereit euch zu hören,
Fürst!

Amilka. Ich weis, Feldmarschall, ihr nehmt
mirs nicht übel, daß ich für das Schickfal meiner
Tochter mit einer Art von ängstlicher Sorge be=
dacht bin.

Menz. Natalia ist eurer ganzen Zärtlich=
keit werth, werth, daß ihr an ihr die Möglichkeit
väterlicher Sorge und Vorsicht erschöpft.

Amilka. Eure Gesinnung kömmt der mei=
nen zuvor. — Ihr seyd von geringem Herköm=
men, Feldmarschall!

Menz. Was wollt ihr damit?

Amilka. Euch eine Lobrede halten. Ich
bin stolz auf euch. So lange Rußland Ruß=
land bleibt, schwingt sich Keiner mehr aus dem

Staube der Niedrigkeit zu einer solchen Höhe
empor.

Menz. Wozu das? Wollt ihr, daß ich erröthen soll?

Amilka. Erröthen? Ihr über die Wahrheit erröthen, mit der ihr sonst auf so vertrautem Fuße lebt? — Feldmarschall, den ich heute
noch Sohn nennen darf! laßt mich die Fülle
meiner Seele vor euch ausgießen, laßt mich es
euch ganz sagen, was ihr in meinen Augen
seyd. — O die Natur hätte einen vortrefflichen
Tausch machen können, — machen sollen.

Menz. Wie so, Fürst?

Amilka. Menzikof an Peters Stelle. Freylich ein kühner Gedanke, aber doch ein schöner,
ein entzückender Gedanke.

Menz. Ihr scherzt doch, Fürst? Wahrlich
zwischen Scherz und Hochverrath kenn' ich hier
kein Mittelding. Doch zur Sache!

Amilka. Ihr seyd ohne Vermögen, Feldmarschall!

Menz. Wußtet ihr dieß nicht schon zuvor?

Amilka. Wahr ists, ihr könntet unum-
schränkter Herr von einigen Fürstenthümern
seyn, wenn ihr aus rühmlicher Delicatesse nicht
lieber arm und groß geblieben wäret.

Menz. Hab' ich nicht ohnehin schon mehr,
als ich bedarf?

Amilka. Bis itzt mehr, als zu viel. Aber
von nun an — wenn ich für meine Tochter

D   besorgt

beforgt bin, warum soll ichs nicht auch für meine Nachkommenschaft seyn?

Menz. Der Czar ist mein Freund. Ist euch
das nicht mehr als aller Reichthum?

Amilka. O ihr steht auf dem gefährlich-
sten Posten von der Welt, Feldmarschall! — —
Fürstengunst. —

Menz. Ihr beschimpft mich, wenn ich in
euren Augen so viel als ein Höfling gelte. Peter ist mein Freund. Seine Worte haben nicht
die Dauer einer Seifenblase; seine Grundsätze
sind nicht auf Meerschaum gebaut.

Amilka. Darinn will ich nicht widerspre-
chen. Aber ihr habt Feinde, Feldmarschall, eben
so mächtige, als unversöhnliche Feinde, die mit
neidischen, gierigen Zähnen an den Wurzeln
eurer Größe nagen. Eure Freundschaft mit
dem Czar mag so innig seyn, mag auf so festem Fuße stehen, als sie nur immer will; drum
hört doch Keiner von Beyden auf, Mensch zu
seyn.

Menz. Wahrhaftig, ihr geht zu weit.

Amilka. So viel werdet ihr doch schon im
Geschichtsbuche der Menschheit geblättert haben,
daß ihr mir wenigstens die Möglichkeit dessen
nicht absprechen könnt. Und dem Vater einer
guten Tochter müßt ihr doch wohl erlauben,
auch für bloße Möglichkeiten besorgt zu seyn.
Ihr sollt meine Tochter haben, arm oder reich,
wie ihr immer seyd. Nur versprecht mir, Feld-
mar-

wenn euch der Czar ein Fürstenthum
zeitgeschenk anbiethet, dasselbe anzu=

5. Ich bitte euch, verschont mich!
Fä. Versteht mich doch recht! Ich för=
ht, daß ihr ihms abbetteln sollt. Er
uß ganz gewiß von selbst anbiethen,
t gern, was er schuldig ist, und ich
Sache noch nicht allzu genau, wenn
Peter ist euch zehn Fürstenthümer
!

5. Eure Schmeicheleyen, Fürst!
Fä. Ich weis es, wie gefährlich es
zu eurem Lobe zu sagen, da eure zu
cheidenheit so oft nur unverdächtiges
er Schmeicheley zu verwechseln pflegt,
bt mir doch, dem Czar Nachricht von
zinvung zu geben?

5. Ich bin euch zuvor gekommen.
Fä. Darum hört es nicht auf, auch
icht zu sehn. Euer Werk ist es, daß
zar nun mit ganz andern Augen an=
ich ihn bewundern, daß ich ihn liebe,
h geh zu ihm. Lebt wohl, Feldmar=

5. (für sich) Sprächst du das aus
ele, Amilka, was gäb ich nicht alles

Amilka. (unter der Thüre zu Natalia)
Keine Sylbe von dem, was unter uns vorgegangen ist! (geht ab)

Zwölfter Auftritt.

Menzikof. Natalia.

Natalia. Menzikof!

Menzikof. (in ihre Arme,) Natalia!

Natalia. O wie bin ich in deiner Liebe so
unaussprechlich glücklich!

Menz. Mein Daseyn vervielfältigt sich mir
im Besitze deines Herzens.

Natalia. O wenn ich mit dem Blicke der
unaussprechlichsten Liebe deine Größe messe, ich
dich habe, ich an diesem Herzen liege —

Menz. Natalia!

Natalia. Dann bin ich erhaben über alles;
beneidenswerth einer Göttinn, denk ich mir
dann selbst eine Göttinn in dieser Schöpfung
zu seyn.

Menz. O unvergeßlichster aller meiner Le-
benstage! endlich bist auch du gekommen.

Natalia. Das bange, liebende Weib hat
mit allen Gefühlen der unstäten hinstrebenden
Sehnsucht diesem seligen Tag entgegen ge-
harrt. (mit starrem Blick auf ihm ruhend)
Nur zwey schöne und große Männer giebt es
in Rußland, Menzikof und Peter!

Menz. Süße Schmeichlerinn!

Nata-

Natalia. Aber was seyd ihr für sonder-
bare Männer! Ihr verzaubert den Geschmack,
täuschet die Wahrheit, vergiftet die Empfin-
dung. Ich kenne nichts Entsetzlicheres, als Grau-
samkeit, nichts Herabwürdigenderes, als Rachgierde. Beyde habt ihr eure unseligen Augenblicke. Und doch verzeih' ich mirs, verzeih'
mirs von so ganzer Seele, daß ich diesen Wild-
ling da noch so unaussprechlich liebenswürdig
finden muß.

Menz. Was du einem für angenehme Bitterkeiten zu sagen weißt!

Natalia. Bitterkeiten — nein, Fülle des
Herzens.

Menz. Peter wünscht dir Glück.

Natalia. Ich sprach ihn selbst. Er sah
mich, als er aus dem Arsenal kam, und gieng
auf mich zu. Ich wünsch' euch Glück, sagte er;
es ist nur ein Mann, der euch meinem Herzen
rauben konnte, aber auch nur ein Mann, dem
ich Natalien gönne. Er faßte mich bey der
Hand, warf einen Blick auf mich, und gieng.

Menz. Natalia!

Natalia. Besorgnisse, mein Theurer?

Menz. Du warst doch behutsam?

Natalia. Und wann war ich es nicht?

Menz. O man ists nie weniger — —

Natalia. Als —

Menz. Wenn man sich Mühe giebt, es zu
seyn. Erwiederte deine Hand seinen Druck?

D 3 Nata.

Natalia. Ich stand vor meinem Czar.

Menz. Lächelte ihm dein Blick entgegen?

Natalia. Die ungetrübtesten Empfindungen des Dankes.

Menz. Was sprachst du zu ihm?

Natalia. Daß wir nie vergessen werden, unser Glück aus seinen Händen empfangen zu haben.

Menz. Und dann giengst du?

Natalia. Ja

Menz. Und auf das Schmeichelhafteste hattest du keine Antwort?

Natalia Weil ich glaubte, keine Antwort wäre hier die vernehmlichste.

Menz. Verzeih, edles Weib!

Natalia. Was verzeiht man lieber, als Mißtrauen aus Liebe?

Menz. Und was ist oft gegründeter, als eben dieses? Hier, Natalia, ist die Klippe, an der der eherne Bund der Freundschaft in Trümmern geht. Hier wird die Treue zur Verrätherinn, die Bruderliebe zur Meuchelmörderinn.

Natalia. Du schwärmst Alexander!

Menz. Schwächen großer Männer sind furchtbar.

Natalia. (auf ihr Herz deutend) Das hier, ist das nicht Bürge?

Menz. Daß Peter dich liebte, daß er mit sich ringen muß, dich vergessen zu können, den Gedanken muß ich erst noch ertragen lernen.

Nata.

Natalia. Du wirst ernſthaft. Komm mit
mir in den Garten; dieſes Herz da voll reiner,
unverſiegbarer Zärtlichkeiten ſoll dir all das dü,
ſtere Gewölk von der Stirne verſcheuchen. Komm,
Alexander! (ſie gehen Arm in Arm ab)

Dritter Aufzug.

(Garten des Amilka. Es iſt Abend)

Erſter Auftritt.

Amilka (allein)
(gegen die Scene redend)

Dort, dort! etwas weiter zurück! tiefer ins
Gebüſch! Gebt auf das Zeichen Acht, wenn
ihr anfangen ſollt! Biethet allem Zauber eurer
Kunſt auf! Ich bin der Mann, der jeden wohl
gelungenen Ton eurer Inſtrumente zu vergol,
den weis. Haltet euch bereit. — Ha! dort ge=
hen ſie ja, Arm in Arm: ergoſſen in Wonne
und Vergnügen. Ihr ſeyd ſo ſelig, ſo ſicher,
ihr Elenden! (geht ab)

Zweyter Auftritt.

Menzikof. Natalia. (ſie kommen von
der andern Seite)

Menz. Weg mit allem Kummer aus dei=
ner Seele!

Nata=

Natalia. Sicher und sorgenlos, darf also
Natalia an diesem Herzen ruhen? Und mein
Vater? —

Menz. Woher soll ich mir dieses ängstliche
Besorgniß für deinen Vater erklären?

Natalia. Ach! itzt keine Sylbe mehr von
ihm; heute wenigstens nicht. Bald vielleicht
bedarf er deines Beystandes, deines Schutzes.

Menz. Den soll er haben. Ist nicht das
Schicksal des Vaters von dem der Tochter un-
zertrennlich?

Natalia. O in deinem Schutze liegt Trost,
Beruhigung, Sicherheit! — Das hat mich wieder empfänglich gemacht für das Schöne dieses Abends. Ein liebliches Dunkel! eine feyer-
liche Stille! das treffendste Sinnbild der einsamen Größe erhabner, in sich verschloßener
Seelen!

Menz. Natalia!

Natalia. Mir ist alles so neu, so nie ge-
fühlt.

Menz. Und mir weniger?

Natalia. Hier liegt es, hier lebt das Entzücken in voller Uebermaaß, hier nagt und
drückt und preßt es — Und auf einmal ist mir
wieder, als ob Luft würde, und gähe Blutgüsse
den Oeffnungen meines Herzens entströmten.

Menz. Wie hast du meinen Geist zum Echo
deiner Launen herabzustimmen gewußt!

Nata-

Natalia. O Alexander! welch eine herr‐
liche Schöpfung thut sich vor uns auf!

Menz. Unermeßliche Aussichten!

Natalia. (an seiner Brust) Hier! hier
kann ich deinen Werth ganz fühlen.

Menz. Ja, wir sind in einer beneidens‐
werthen Lage. Ausgezeichnet vor so vielen, bra‐
ven Männern, geliebt zu werden vom Fürsten
und vom Vaterlande, überall ein Gegenstand der
Bemerkung zu seyn — weit um sich zu wir‐
ken, der Unsterblichkeit entgegen zu reifen, o
so ein Gedanke durchbebt die Seele mit Wohl‐
lust, entflammt das Gefühl, erhebt den Geist
bis an die Sterne.

Natalia. Und wenn dein Vaterland dich
anbethet, die Welt dir zujauchzt, Peter Freund‐
schaft, Herz und Ruhm mit dir theilt; ha!
dann kömmt erst die Beneidenswerthe, und
ruft: Zurück Alle, wie ihr seyd! er ist mein
(mit Heftigkeit ihn an sich drückend)
mein!

Menz. Natalia!

Natalia. Mein!

Menz. Willst du mich am Brauttage schon
mit Seligkeiten überfüllen?

Natalia. Dir einen getreuen Spiegel vor‐
halten. Sieh hinein! So sind in einer harmo‐
nischen Reihe alle unsere Tage der Zukunft.

Menz. O der Harmonie unsrer Tage!
(man hört Musik) Angenehme Ueberraschung!

D 5   (die

(die Mufik geht in Adagio aus) Schön und
ſüß!

Natalia. Gleich dem Einklang unſerer
Herzen.

Menz. Groß und erhaben.

Natalia. Gleich der Seele eines Helden von
menſchlichem Gefühl.

Menz. In einander ſchmelzend, und bezaubernd.

Natalia. Gleich dem Wohllaut der ſanften
Natur! —

Menz. Wenn Muſik Stoff wäre, ſo wäre
das der einzige, aus dem man Seelen formen
könnte. — — Wahrlich, um froh ſterben zu
können, ſoll man ſich beym Todbette Muſik
machen laſſen.

Natalia. Liebevoller Schwärmer!

Menz. Muſik und Liebe, Liebe und Muſik,
wer dieſe hienieden immer hätte, wäre dieſes
nicht das Paradies? (die Muſik ſchweigt)

Natalia. Und doch wiegt Muſik manche
Unſchuld in einen gefährlichen Schlummer: manche verwahrloßte Tugend ſtarb bey ihrem Sire-
nengeſang eines ſanften Todes.

Menz. Eine richtige Bemerkung. Aber wie
kommſt du itzt darauf?

Natalia. Ich weis ſelbſt nicht wie. Aber mir
iſt ein Böſewicht bekannt, der beym Geſang der
Muſik weinen, und beym Wimmern des unter-
drückten Elends lachen kann; der Muſik machen

chen läßt, wenn er grausam seyn will, und seine
Seele noch nicht durstend genug ist, Menschen-
blut in Strömen zu verschlingen; der mit dem
Gewalt der Musik Unschulden tödtet, feige Bösewichter entschlossen macht, Rebellen zur That
entflammt.

Dritter Auftritt.

Amilka. Vorige.

Amilka. Eure Liebe sucht die Einsamkeit,
Kinder?

Natalia. Um fühlen zu können, wie glücklich wir sind.

Amilka. Seyd ihr das wirklich?

Menz. Der Himmel weis es.

Amilka. Er segne euch, mach' euch groß,
verherrlich' euch in euren Söhnen und Enkeln!
Das angehende Geschlecht Menzikof strebe gleich
einem Zeder über Amilka's Haupt empor! (mit
einem Seufzer) O ich hatte herrliche Träume von euch, Kinder! herrliche Träume! —
Sie sind vorüber. Seyd fröhlich! Ich will euch
den schönen Abend nicht verderben, will mir
Zwang anthun, bey euch, mit euch fröhlich zu
seyn.

Menz. Zwang und Fröhlichkeit, wahrlich
die ungeselligsten Dinge von der Welt!

Amil-

Amilka. Seyd ruhig! Verlaßt euch auf
mich; ich werd' euch keine Freude verderben.
Die Gäste erwarten uns.

Menz. Was für Gäste?

Amilka. Wovon ihr Zwey bereits kennt,
und den Dritten nur zu sehen braucht, um ihn
nicht mehr fremd zu finden. Der Senator Maffalsky.

Menz. Ein Mann von Kopf, und dabey
euer Freund.

Amilka. Fürst Ossodar.

Menz. Warum der?

Amilka. Ihr seyd ja doch ausgesöhnt mit
ihm, Feldmarschall?

Menz. Ja.

Amilka. Der heißeste seiner Wünsche ist
nun, eurem Herzen wieder näher zu kommen.
Bloße Aussöhnung leistet ihm nicht genug. Er
lud sich selbst ein, und wählte mit Vorbedacht
die Gelegenheit einer schönen, feyerlichen Stunde, einer Stunde, in der die Seele für feinere
Empfindungen, für freundschaftliche Wärme em-
fänglicher zu seyn pflegt, als sonst.

Menz. Er sey mir willkommen! Laßt uns
gehen! (gehen ab)

Vierter Auftritt.

(Saal in Amilka's Sommerpalast)

Ossodar. Massalsky.

Massals. (für sich) Der große Augenblick rückt immer näher und näher. Stände nicht Amilka an unserer Spitze, ich verzweifelte am guten Erfolge dieses Unternehmens. — Fürst! he, Fürst!

Ossod. (der indessen in Gedanken vertieft da stand) Was wollt ihr?

Massals. Seyd ihr zum Philosophen geworden? Was ist euch?

Ossod. Ich studiere meine Rolle.

Massals. Ziemlich zur Unzeit.

Ossod. Eure Sorge sey, die eure so gut zu spielen, als ich die meine spielen werde.

Fünfter Auftritt.

Amilka. Menzikof. Vorige.

Amilka. Hier, Feldmarschall, sind zwey von meinen Freunden, die es eben so würdig sind, als sie es sehnlich wünschen, euch von einem günstigen Gesichtspunkte bekannt zu seyn.

Menz. Seyd mir willkommen! (beyderseits stumme Verbeugungen)

Amilka. Der Wunsch, die Freuden des heutigen Abends mit uns zu theilen, hat sie veranlaßt.

laßt, eure und meine Gäste zu seyn. Ich ver=
laß euch ein Paar Augenblicke. Ich werde so=
gleich mit meiner Tochter hier seyn. (ab)

Sechster Auftritt.

Vorige. (ohne Amilka)

Ossod. Verzeiht mir, Feldmarschall! Es
hat das Ansehen, als ob ich mich zu diesem
kleinen Feste eingedrungen habe. Im Grunde
mag es auch nicht viel anders seyn. Es liegt
mir ungemein viel daran, und euch muß nicht
weniger daran liegen, daß wir uns einander
wieder nähern.

Menz. Ist das nicht bereits schon gesche=
hen?

Ossod. Daß es noch geschehen wird, hoffe
ich mit Zuversicht. Mein Herz hat mir eine
Menge Bedenklichkeiten darüber zu sagen, daß es
nicht schon geschehen ist. Wahr ists, eine Reihe
von Beleidigungen habt ihr mir edelmüthig ver=
ziehen, habt mich auf einen glänzenden Posten
empor gehoben, habt mir neuerdings den Weg
zur Thätigkeit, zu vaterländischem Verdienst
gebahnt.

Menz. Fast möcht ich sagen, ihr beschämt
mich, Fürst!

Ossod. Freylich ist alles das viel, sehr
viel, unendlich mehr, als ich verdiene; aber —
verzeiht dem ungenügsamen Bettler! lange noch
nicht

nicht alles, was ich wünsche. Euer Herz, Feldmarschall, will ich wieder haben! um euer selbst
willen muß ich es wieder haben! O ich hab euch
große, wichtige Aufschlüffe zu geben. Aber bin
ich nicht zuvor eurer Achtung, eures innigen Zu-
trauens gewiß, so bestimmen mich ungleich mehr
Gründe, zurückhaltend als offenherzig euch zu
seyn.

Menz. Offodat! Offodat! (ihn küssend,
und an sich drückend) Trauter Gespiel meiner
Jugend! Ja du bist wieder du selbst geworden:
So bist du wieder mein!

Offod. Ich bin stolz auf eure Liebe. Diese
Liebe macht mich wieder stolz auf mich selbst.
Dießmal, Feldmarschall, bin ich in der günstigen Lage euch zu erwiedern, euch mir verbind-
lich zu machen. Ueberlassen wir uns diesen
Abend dem Genuß der Fröhlichkeit. Morgen
aber an das Werk! Ihr werdet staunen, Feldmarschall, werdet mir danken, werdet den schönen Augenblick segnen, in dem ihr euren Freund
Offodar wieder gefunden habt. Wie gesagt,
morgen an das Werk! (auf Massalsky deutend) Aber seht da einen Mann, den wir bräu-
chen, bey dem sich Herz und Kopf mit außeror-
dentlichen Umständen verbanden, um ihn uns
unentbehrlich zu machen. Der Mann muß unser seyn.

Menz. (den Massalsky bey der Hand fassend) Senator, seyd mir herzlich willkommen!

Mas-

Maſſals. Der Augenblick, Feldmarſchall, der mich eurer Gunſt verſichert, ſoll unter die glücklichſten meines Lebens gehören. Sie zu erhalten, war das ſtille ununterbrochene Stre̳ben meines Geiſtes ſeit vielen Jahren. Dieſem Zeitpunkt glaub ich nun nahe zu ſeyn. Was ich euch in Gemeinſchaft mit dem Fürſten Oſſo̳bar leiſten werde, iſt allerdings von großer Wich̳tigkeit. Aber auch ſonſt hab ich euch Plane vor̳zulegen, die die Frucht von langer anhaltender Verwendung, das Reſultat von mannigfaltiger Erfahrung ſind, von deren Ausführung geprüte verſtändige Männer ſich manchen wohlthätige.t Einfluß auf eine beſſere noch immer durch Ne̳benabſichten ſehr gehemmte Organiſation des Ganzen verſprechen. Eurer Urtheilskraft will ich dieſe Plane unterwerfen. Finden ſie euren Beyfall, ſo nehmt euch derſelben väterlich an; ſchützt ſie gegen Neid und Cabale. In euch ſchmeichle ich mir den wahren und einzigen Canal gefunden zu haben, durch den unſer Be̳ſtreben gehen muß, um zweckvoll zu werden.

Menz. Eure Bekanntſchaft, Senator, iſt mir erwünſcht. Ich werd' euch dem Czar vor̳ſtellen. Männer, wie ihr ſeyd, braucht der Czar.

Siebenter Auftritt.

Amilka. Natalia. Die Vorigen.

(während der Unterredung bringen Bediente
Tische, Stühle in Ordnung, und setzen
Wein, Gläser auf Tatzen auf)

Amilka. Nun, Feldmarschall, seyd ihr
mit der Gesellschaft zufrieden?

Menz. Vollkommen, Fürst! (Natalia der
Gesellschaft präsentirend) Hier, Freunde,
seht in ihr mein Glück, meine Wonne, meine
Seligkeit. (Natalia übernimmt von einem
Bedienten eine Tatze mit eingeschenkten
Gläsern, und überrecht Jedem der Gäste
eines)

Ossod.) (indem sie trinken zugleich)

Massals.) Es lebe das edle liebenswür-
dige Paar! (sie setzen sich um den Tisch.
Jeder schenkt sich in der Folge selbst ein;
nur Amilka ist besorgt, das Glas des Feldmarschalls nie leer zu lassen)

Ossod. Peter ist ein großer Mann! Ihr
seyd groß, und glücklich, und geliebt! Wer von
euch ist beneidenswerther?

Massals. Der Himmel gieße die Fülle seines Segens über dich aus, edles liebvolles
Paar.

Amilka. Vatersegen dringt am schnellsten
durch die Wolken. Glück zu!

E   Menz-

Menz. (trinkt) Es lebe unser Czar!
(trinkt noch einmal) Unser Aller Vater,
Rußlands Peter lebe!

Ossod.   ⎤ (trinkend, und zugleich) Es
  und   ⎥ lebe das edle Brautpaar Men-
Massals. ⎦ zikof!

Menz. Ich trank auf des Czars Gesund-
heit.

Ossod. Und wir tranken auf die eure.

Menz. (ein Glaß ausstürzend) Es lebe Peter!

Ossod.   ⎤ (trinkend) Es leben Menzi-
Massals. ⎦ kof und Peter! Noch einmal,
es leben Menzikof und Peter!

Menz. (schnell aufstehend) Ihr vergeßt
euch, Freunde!

Nat. (ihn sanft zurückziehend) sie freuen
sich mit uns. Was ist pflichtvergeßner, als die
Freude?

Massals. Wir ehren unsern Czar in euch,
Feldmarschall!

Ossod. In seinem Mitarbeiter, seinem Bu-
senfreunde.

Menz. Lassen wirs gut seyn! (trinkt)
Auf euer Wohl, Freunde! (zu Amilka) Das
wär ein Seufzer aus gekränktem ängstlich ge-
preßtem Herzen. Was fehlt euch, Fürst?

Amilka. Vergebt mir, Feldmarschall! ich
könnte nicht mit trinken.

Menz. Das hab ich nicht bemerkt.

Amil.

Amilka. Gesundheiten sollten aus dem Herzen kommen; Gesundheiten sollten — (Wehmuth affektirend) O meine Tochter!

Menz. Was soll das, Fürst?

Amilka. (sich vor die Stirn schlagend) Empfindlicher Thor! ich! — Es ist vorüber! (trinkt) ich übersaufe euch heut Alle.

Menz. Ihr trinkt aus Unmuth.

Amilka. Wie gesagt, es ist vorüber. Ich werde euch die Freude dieses Abends nicht verderben.

Menz. Wem sollt' das eigentlich gelten?

Amilka. Euch und mir, uns Allen.

Menz. Ihr seyd sehr räthselhaft.

Amilka. Nun denn, wenn ich es nicht seyn sollte! (behutsam um sich schauend) Ich war beym Czar, und habe mit ihm eurer Verbindung wegen gesprochen.

Menz. Und der Erfolg davon?

Amilka. Der Czar muß geglaubt haben, daß ich aus bloßer Ceremonie gekommen bin, und sah die Sache Anfangs als bloße Ceremonie an. Er läßt euch Beyden Glück wünschen. (Menzikof und Natalia verneigen sich.) Seine Laune mag eben auch nicht die beste gewesen seyn.

Menz. Warum nicht?

Amilka. Ich glaubte ihm etwas von großer Wichtigkeit zu sagen; und er hörte mich mit einer Gelassenheit an, mit einer Kälte, die mich

E 2 äußerst

äußerst verlegen machte ; mit einer Kälte, Feldmarschall, die ganz gewiß etwas mehr, als kal-
te Gelegenheit wahr.

Menz. Wir sehen nicht immer, was wir
sehen.

Amilka. Es mag seyn; aber glaubt mir
auf mein Wort, Feldmarschall, der Czar war
auf diese Nachricht durch und durch kalt, kälter
als die Kälte selbst. (sie trinken)

Natal. Du hast ja selbst mit ihm gesprochen?

Menz. Und er nahm es auf mit der unbe-
fangensten Theilnahme, mit der edelsten, groß-
müthigsten Freundschaft.

Massals. Indessen scheint mir das doch
neues Licht zu geben, was man sich bey Hof und
außerm Hof heimlich und öffentlich in die Oh-
ren zischt. —

Menz. Und das wäre?

Massals. Daß der Czar durchaus nicht mit
eurer Heurath zufrieden seyn soll.

Menz. Zum Lachen, und weiter nichts,
als zum Lachen. (trinkt, und in der Folge
mit starken Zügen.)

Ossod. Nichts weniger, als zum Lachen,
Feldmarschall ! Gerade über diesen Punkt ließ
sich gestern der Czar sehr vernehmlich gegen den
Großschatzmeister heraus.

Menz. Nun ?

Offod. Daß er nämlich durchaus nicht zufrieden mit dieser Heurath) sey ; daß man an Menzikof verlieren werde ; daß — je nun wir sind ja unter uns; daß die englische Fürstinn Natalia auf günstigere Zeiten hätte warten sollen.

Menz. (heftig) Das hat der Czar nicht gesagt.

Offod. Ihr vergeßt euch, Fürst! (mit Zuversicht.) Wohl aber hat das der Czar gesagt! Wißt ihr was, Feldmarschall! laßt euch das Nämliche, und wenn es euch lieb ist, noch ungleich mehr vom Großschatzmeister selbst sagen. Er ist euer Freund, und wahrlich nicht wenig darüber betroffen.

Amilka. (langsam und kritisch). Daß die Fürstinn Natalia auf günstigere Zeiten hätte warten sollen — auf günstigere Zeiten! (Menzikofs zunehmende Unruhe wird in Geverden sichtbar. Er trinkt heftiger, als ehedem.)

Natal. Gott weis es, ich kenne keinen Wunsch für günstigere Zeiten.

Menz. Natalia!

Amilka. Ich bin mit meiner Erzählung noch nicht zu Ende. Ich berührte beym Czar gelegentlich den Punkt, worüber wir heute sprachen.

Menz. (aufgebracht) Ich hab es euch ja gesagt, hab' euch gebethen darum, und doch —

E 3 Amil:

Amilka. Welche ungewöhnliche Hitze, Feldmarschall! Ich berührte den besagten Punkt mit einer Behutsamkeit, mit welcher ihr ihn kaum selbst hättet berühren können. Er verstand mich auf die ersten drey Worte, blieb eine ziemliche Pause nachdenkend auf der nämlichen Stelle, nahm mich dann bey der Hand, und sagte im Tone höchst wichtiger Bedenklichkeit: Was ich gethan, Fürst, was ich doppelt — drey und zehnfach gethan, was ich ihm aufgedrungen haben würde, wenn er eure Tochter nicht heurathete, das kann ich nun aus gewißen mir nur bekannten Ursachen nicht mehr thun, da er sie heurathet, wenn er mich auch zu meinen Füßen darum bitten sollte.

Me z. Bedenkt, Fürst!

Amilka. Ja wohl bedenk' ich. O es hat das niemand so sehr zu bedenken, als ich.

Menz. Noch einmal, das hat der Czar nicht gesagt.

Amilka. Das hat er gesagt, von Wort zu Wort; so wahr ich ein Knese von Rußland bin. Sein Leibmedicus stand dabey. Ich bin kein Lügner, Feldmarschall! (aufspringend, und ihn bey der Hand fassend) Meine Ehre ist beleidigt. Mit mir zum Czar! Ich fordre euch auf dazu. Ich habe, trotz Einem, heißes Gefühl für Ehre. Ich setze meinen Kopf aufs Spiel, wo es den Ruhm gilt, es für Ehre und Wahrheit gethan zu haben. Noch einmal, zum Czar mit mir!

Menz.

Menz. (niedergeſchlagen) Ich habe den
Muth nicht. (nach einer Pauſe für ſich)
Sturm! Sturm!

Amilka, Ja, mein guter, mir itzt über
alles theurer Feldmarſchall! was hatt ich ehedem
für ſonderbare, herrliche Träume von euch.

Menz, Träume, das iſt auch alles.

Amilka, Erinnert ihr euch noch an die her-
kuliſchen Arbeiten von zwey Monathen, die ihr
alle glücklich, alle vollkommen, und zum Ruhm,
zur ewigen Größe Rußlands zu Stande gebracht
habt? Die Gerichtshöfe bekamen eine beſſere
Verfaſſung; zur Emporbringung des Handels
wurden eben ſo ſchnelle, als wirkſame Maßre-
geln getroffen; der Seefahrt eine zweckmäßigere
Direktionslinie vorgezeichnet; die Armee we-
ſentlich umgeſtaltet; mit fremden Mächten Un-
terhandlungen gemacht, Verträge geſchloſſen,
Allianzen feſtgeſetzt, die Schweden zum will-
kürlichen Werkzeug unſers Cabinets erniedrig-
ten, den Stolz der barbariſchen Pforte demü-
thigten, das gebeugte Pohlen mit großen Er-
biethungen um friedliche Nachbarſchaft zu bitten nöthigten, uns dem deutſchen Reiche ehr-
würdig, uns Frankreich zum Freunde machten.
Der Geiſt wird einem ſchwindlich, wenn man
daran denkt, daß alles das das Werk eines
Einzigen, daß dieſes ungeheure Werk bloß die
Frucht einer Zeitfriſt von zwey Monathen ge-
weſen iſt.

Menz,

Menz. Ein andermal davon, Fürst!

Amilka. Peter sah das ein; Peter fühlt, was er an euch hat. Es war einmal in einer traulichen Gesellschaft von Männern, in der er sagte: Anders weis ich ihn nicht zu belohnen, als daß ich ihn bis zu mir erhebe.

Essod. Ich war zugegen.

Amilka. Ich auch.

Massals. Mir erzählte der Präsident des obersten Gerichtshofes davon. Es gab dazumal zu vielem Gerede, zu sonderbaren Auslegungen Anlaß.

Amilka. Wenn ich dann oft so mit mir selbst über euch räsonirte, eure Verdienste um den Czar, um Rußland messen wollte, und mir Ausdruck und Maaßstab und Umfang dazu fehlten; wenn ich euren Verhälnissen, eurer Freundschaft mit dem Czar, dem innigen unbeschränkten Zutrauen, mit dem er alle schwereren Sorgen seiner Krone auf eure Seele abzuwelzen pflegt, nachzuhängen, wahre Seelenwollust darinn fand; wenn ich mir dann wieder Rußland riesenartige, am Ende unter der ungeheuren Last eigener Bürde leidende Größe dachte, so entstand daraus in meiner Seele ein Bild; ein Bild, Feldmarschall, das ich ganze ununterbrochene Tage vor Augen hatte, das mir meine zu dienstfertige Phantasie immer schöner und schöner ausmalte, das mich — wir sind itzt unter uns; der Abend ist so schön und feyer-

feyerlich; die Gesellschaft so traulich und offen. Laßt mich mein Bild vollenden!

Menz. Ich bitt' euch, Fürst, verschont mich damit!

Ossod. Und wir bitten euch, es zu vollenden.

Amilka. Peter macht eine entfernte Provinz von Rußlands Herrschaft unabhängig, überreicht sie seinem Freund Menzikof, unserm zweyten Czar, zum Geschenke, setzt ihm die Krone auf, um sich ihn gleich zu machen an Hoheit und Würde, wie er ihm bisher an Herz, an Gesinnungen, an Verwendung, an glänzenden Thaten gleich gewesen ist.

Menz. Ein ähnlicher Gedanke kam mir wohl nie in die Seele.

Amilka. Alexander Menzikof wird der Solon unsers Zeitalters, macht sein Land durch weise Gesetze groß und glücklich, verbreitet Reinheit der Sitte, Betriebsamkeit, Wohlstand über sein Volk, erhebt seinen blühenden Staat zum Selbstvermögen, verkettet das Herz seines Volkes mit Rußland durch einen ewigen Freundschaftsbund. Nun ist Rußland erst furchtbar; nun mag ein ganzes, dreyfach mit Wällen verschanztes Europa vor ihm zittern! Alexander, der Bundesgenossene von Rußland, der Held, der Gesetzgeber, der geliebte, angebethete König, der Gemahl meiner Tochter, mein Sohn! — O wie hat mich heute Peters eiskalte Hand

so

so unsanft und plötzlich aus diesem Traume auf-
geschreckt! (Bey diesen Worten steht Menzikof auf, stürzt ein Glaß aus, und geht
unruhig auf und ab)

Ossod. Aufrichtig zu sagen, Amilka, euer
Traum hat mich sehr verstimmt. (Alle stehen
auf)

Nat. (ihn bey der Hand fassend) Was
ist dir, Alexander?

Menz. Nichts! Mich krönt ja deine Liebe!
In dieser bin ich glücklicher, beneidungswerther,
als ein König. Amilka hat indessen ein Zeichen gegeben. Eine rasche, vollstimmige
Musik beginnt in einem Nebenzimmer)

Menz. (äußerst einen hohen Grad von
Unruhe. Natalia verwendet keinen Blick
von ihm; auf einmal schreyt er auf) Fort,
fort! meine Seele wird wild.

Amilka. Bleibt, Feldmarschall! In einem
solchen Zustande kann ich euch nicht von uns
lassen.

Natalia. Bleib bey mir, Alexander! Wo
bist du sicherer, wo geliebter, als im Arm der
Liebe?

Bedienter. (kömmt)

Amilka. Was willst du?

Bedient. Ein Mohr von Hof dringt darauf, die Fürstinn zu sprechen.

Amilka. Laß ihn herein!

Bedient.

Bedient, (geht ab, und gleich wieder zurückkommend) Er muß sie allein sprechen. Es soll sehr dringend seyn.

Amilka, (geht ab, und kömmt mit dem Mohren zurück)

Achter Auftritt.

Der Mohr, Vorige.

Amilka. Unter uns sind keine Geheimnisse. Heraus damit! was willst du?

Mohr. (sich verlegen stellend) Ich? Nichts — oder im Grunde nur sehr wenig. (sich Natalia nähernd, und ihr auf versteckte Art einen Brief zu reichen suchend) Da geschwinde, ehe mans bemerkt!

Natalia. (laut) Unverschämter!

Mohr. (wie zuvor) Er ist vom Czar. Weißt ja einen Brief vom Czar nicht so verächtlich ab! (dringt ihr den Brief auf, und eilt davon)

Neunter Auftritt.

Vorige, ohne Mohren.

Nat. (laut gegen Amilka und Menzikof) Ein Brief vom Czar!

Amilka. Meinen Glückwunsch. (während
dem ihn Natalia erbricht) Der Brief ist von
Bedeutung. Glaubt ihr das nicht selbst, Feldmarschall? — Daß der Czar vielleicht in sich
gegangen ist, daß er vielleicht — Was ist das,
meine Tochter? Du wirst blaß!

Nat. Schändliche Verrätherey!

Amilka. Was enthält der Brief?

Nat. (mit an Schrecken gränzender Ver-
legenheit) Der Himmel weis, ich bin unschuldig!

Amilka. Unangenehme Nachrichten, meine
Tochter? — Was ist das für ein Brief? (nimmt
ihr denselben aus den Händen)

Nat. Gott! (sinkt ohnmächtig nieder)

Amilka. Ach meine Tochter! Zu Hülfe!
Zu Hülfe! — — Hier leset ihr indessen, Feldmarschall! (er beschäftigt sich mit Natalien)

Menz. (nachdem er gelesen, erstarrt,
und wie außer sich) Seine Hand! Seine Hand! Verrath! Meuchelmord! — Seine
Hand!

Amilka. Meine Tochter! Ach sie ist todt!

Menz.

Menz. Sorge dich nicht, Alter! Ich habe einen Balsam für sie, der sie wieder ins Leben zurück kitzeln soll. (sie bey der Hand fassend, dann mit verbissener Wuth und dumpfem Ton) Es war ein schöner Abend, freundlich verbarg uns eine Laube in ihrem Dunkel. Ich lag in deinen Armen. O es ist übermenschliches Gefühl, sagtest du im Taumel der Wonne, dich, Alexander, in den Armen zu haben, (schüttelt sie bey der Hand) Wirkt der Balsam nicht? — Ha so habe ich einen Donner, der dich ins Leben zurück donnern soll. (mit Wuth und immer heftigerm Steigen des Tones) Gestern war es, daß dir der Czar in den Armen lag. Da sagtest du im Taumel der Wonne: es sey übermenschliches Gefühl, ihn in den Armen zu haben.

Amilka. Um Gotteswillen, was ist vorgegangen?

Menz. Gebt ihr Gift! Ich möchte mich sonst mit dem Blute dieser Schlange besudeln.

Amilka. (zu einigen Umstebenden) Bringt sie fort! (Natalia wird fortgetragen)

Zehnter Auftritt.

Vorige, ohne Natalia.

Menz. (zu Amilka) Lies, wenn du nicht der Kuppler deiner Tochter bist!

Amilka. (liest) „Krone deines Geschlechts! Gestern lag ich in deinen Armen, und du gestandest im Taumel der Wonne, es sey dir übermenschliches Gefühl, mich in deinen Armen zu haben. Heute reichst du die Hand einem Andern, da ich doch in kurzer Zeit meinen Thron mit dir getheilt hätte. Ich gab mir Mühe, vor ihm ruhig zu scheinen, log sogar Zufriedenheit. Sey behutsam, wie ich es bin, damit sich mein liebekrankes Herz wenigstens mit dem Gedanken trösten darf: Du bist zur Hälfte mein! — Zur Hälfte! Dahin ist es also gekommen mit deinem Peter? — O der Schande und des Schimpfes über meine grauen Haare!

Menz. Ha des Verräthers auf dem Throne!

Ossodar. Ohne euch, ohne seinen Freund wäre Peter nicht Peter, Rußland nicht Rußland.

Maffalo. Denkt an den Paß bey Systerbeck!

Ossodar. An das heiße Treffen bey Kollisch, an die donnernde Schlacht bey Pultawa: Da war es, wo gleich einem Gott euer Retterarm

den

dem Czar das Leben erhielt, über Rußlands Schicksal Entscheidung sprach.

Menz. Der Undankbare! der Heuchler! der Brudermörder!

Massals. Wer hätte sich das vor wenig Augenblicken gedacht?

Menz. Ihr weint, Freunde? Ha, und mir ist, als ob mir Flammen aus den Augen spritzten.

Amilka. Denkt, daß ihr Männer vor euch habt.

Menz. Wuth, Empörung, Raserey! Ich bin zu allem aufgelegt. Wollt ihr, daß ich morden soll, wie ein Würgengel? Ein Schwert und eine Nacht, und Petersburg schwimmt am Morgen in seinem Blute.

Amilka. Entsetzlich mißhandelter Mann!

Menz. O daß ich ihn da hätte, diesen Augenblick! Bey den Haaren wollte ich das Ungeheuer herumschleppen, mit seinem Kopf gegen alle vier Wände rennen, mit Füssen wollte ich es treten, das scheußliche Verzerren seiner Züge, sein Aechzen, sein Wimmern, sein Heulen mit nimmersatter Wollust in mich trinken, und es so unter meinen Händen den langsamsten schimpflichsten Tod eines elenden, feigen, meuchelmörderischen Buben sterben lassen — sterben sehen.

Amilka.

Amilka. Ihr seyd beschimpft! Ich bin es mit euch! Ich verbinde mich mit euch, unsre Rechte — —

Menz. Kaltblütiger Thor, der du hier von Rechten sprechen kannst.

Amilka. Unser Recht, Feldmarschall, unser Recht ist Blut.

Die Uebrigen. Blut, Blut ist euer Recht! (sie umringen den Feldmarschall. Eine Pause. Mienen und Geberdenspiel)

Menz. Ihr Männer! Da steht ihr, und seht euch an!

Amilka. Was ist euch, Fürst?

Offodar. In mir gehen entsetzliche Dinge vor.

Amilka. Und du, Massalsky! was schwebt dir auf der Zunge?

Offodar. Brüder!

Amilka. Blut und Leben Einer für Alle, Alle für Einen.

Offodar. Blut, Blut!

Amilka. Laßt uns den Wütherich erwürgen!

Alle. (außer Menzikof) Er soll sterben!

Amilka. Menzikof!

Menzikof. (nach einer Pause) Er soll sterben!

Amilka. O wohl uns Allen! Drückt unserm Bande das Siegel vollends auf, Feldmarschall!

Menz.

Menz. Was wollt ihr?

Amilka. Drey Worte auf dieses Blatt!

Menz. Ich verstehe euch. (schreibt) Hier!

Offodar. Ha nun kommt! eine Stunde — —

Menz. Und der Verräther ist nicht mehr.
(geht mit Offodar ab)

Eilfter Auftritt.

Amilka, Maffalsky.

Amilka. Sind die Pappiere in Bereit-
schaft?

Maffals. Hier sind sie. Verschieden an
Inhalt, aber so gleich an Form, als je ein Ey
dem andern.

Amilka. Ich bringe meine Tochter. Augenblicke wiegen itzt ein Jahrhundert auf. (geht
ab)

Zwölfter Auftritt.

Maffalsky allein.

Es geht gut, vortrefflich; ob ich mir gleich
selbst gestehen muß, daß mir bey der Sache
nicht allzu wohl ist. Keine Stunde mehr, und
wir sind am Ziele, oder — — Zweifler! steht
nicht Amilka an unserer Spitze? Versucht es

F   ein-

einmal, dem Teufel selbst Fallstricke zu legen,
so, stehe ich mit meiner Seele dafür, er fällt.

Dreyzehnter Auftritt.

**Amilka, Natalia, Massalsky, hinter
ihnen General Bauer, sammt den Verschwornen, welche im Hintergrunde stehen
bleiben.**

Amilka. (führt Natalia an einen Tisch
an der Seite) Wir haben mehr als eine Ursache, alles despektable Aufsehen zu vermeiden.
Danke unsern Freunden, die sich mit mir verbanden, die Sache auf der Stelle beyzulegen!
War es ihnen nicht möglich, den Feldmarschall
von deiner Unschuld, von der unverletzten Treue
deines Herzens ganz zu überzeugen: so gelang
es doch der Stärke ihrer Beredsamkeit, die
ganze Schwärze des Verbrechens auf den Czar
zurückzuwälzen. Seine Liebe gegen dich ist nun
entbrannter als je. Er drang sogar in mich,
den Heurathskontrakt noch heute zu Stande zu
bringen, um morgen die Vermählung selbst um
so gewißer feyern zu können. Wie unentbehrlich uns das Allen ist, wie sehr das Heil, die
Rettung deines Vaters von der schnellsten Verbindung mit dem Feldmarschall abhängt, weißt
du so gut, als ich. Hier lies einmal! (überreicht ihr ein Papier)

Nat.

Nat. O ich bin sehr krank. (nachdem sie
gelesen, gibt sie das Pappier zurück. Bauer
hat sich indessen hinter ihren Sessel gestellt,
um alles beobachten zu können)

Amilka. Nun, willst du nicht unterschreiben?

Nat. Wenn es weiter nichts, als zu unterschreiben brauchte! Wer verargt es mir, wenn
ich sogar auf die Wirklichkeit selbst mißtrauisch
werde?

Amilka. (verwechselt das vorige Blatt
mit einem ähnlichen, und legt es ihr vor.
Sie unterschreibt) Begieb dich nun zur Ruhe!

Nat. Ich bedarf ihrer, aber ach! sie wird
nicht kommen. (geht ab)

Vierzehnter Auftritt.

Vorige, ohne Natalia.

Amilka. (zu den Verschwornen) Freunde, ihr seyd von allem unterrichtet?

Einige davon. Von allem.

Amilka. Eure Namen unter den Verschwörungseid! sie unterschreiben sich auf dem
nämlichen Blatt, auf dem Nataliens Name steht, bis an Bauer) Haben sich Alle
unterschrieben?

F 2   Massals.

Maffals. (nachdem er die Namen durch=
gesehen) General Bauer fehlt.

Amilka. Warum unterschreibt ihr euch
nicht?

Maffals. Ist der Andreasorden daran
Schuld? Der Czar hieng ihm heute den Orden
um, weil er davon laufen wollte.

Amilka. Unterschreibt euch!

Bauer. (bleibt unerschrocken stehen.
Maffalsky eröffnet die Mittelthür. Man
sieht einen wimmelnden Haufen von Ver=
schwornen. Einige davon dringen sich he=
rein)

Amilka. Ein Verräther unter uns. Er=
greift ihn!

Bauer. (mit gezogenem Degen) Keiner
mir nahe! (sie ergreifen ihn rückwärts, und
entwaffnen ihn)

Amilka. Bindet ihm Hände und Füsse!
Werft ihn in ein unterirdisches Gewölbe, aber
tödtet ihn nicht. Ich werde selbst Gericht
über ihn halten. (Bauer wird fortgeführt)
Nun Freunde, Brüder, zur Sache! (sie ge=
hen ab)

Fünf=

Fünfzehnter Auftritt.

(Ein Saal im Palaste des Czars. Im Hinter=
grunde ist eine Thür zum Kabinet des Czars
angebracht)

Serdjukow allein.

(Versucht das Schloß an der Thüre
des Czars) Die Thüre ist verschlossen. (sieht
durch die Oeffnung) Schon nach Mitternacht,
und noch am Schreibtische. Ich sollte mich der
Schlüssel zum Hauptthor bemächtigen. Das
habe ich gethan. Ich sollte ihn hier erwarten,
sagte der alte Fech=meister, das thue ich nun
auch. Aber warum kömmt er nicht? Ich soll
morgen weder Kolbe noch Kappe mehr haben,
sagte er, und kömmt doch nicht. (sich auf ei=
nen Stuhl werfend) Nun bin ich endlich doch
wieder einmal allein. Wohlthätige Mitternacht,
die du mich dem hohnlächelnden Auge des vor=
nehmen Pöbels verbirgst! o daß du mich auch
vor mir selber verbergen könntest! — Den Nar=
ren spielen zu müssen, der Gedanke allein sollte
mich schon zum Narren machen. Narr und
Prinz; Prinz und Narr sind stets die Losungs=
worte der Höflinge für meinen Gram. — Ha,
was hindert dich, jeden Augenblick, diesen näm=
lichen Augenblick zu machen, daß der Narr den
Prinzen und der Prinz den Narren auf ewig

ver=

vergeſſen muß? Dieſen Augenblick — (mit ge-
ſunkenem Muthe) O Natur, wie haſt du mich
feig gegen mich ſelbſt gemacht! Feig? Kannteſt
du ſonſt dieſes Wort? Und itzt? — O es ſind
ja alle Narren feig! — Die heutige Scene hat
mich vollends zur Schwäche eines winſelnden
Weibes erniedrigt. Ein herrlicher Anblick!
Das Kind ſpielte mit der Narrenkappe ſeines
Vaters.

Sechszehnter Auftritt.

Serdjukow, der Mohr.

Mohr. (auf den Zehen herein geſchli-
chen, und um ſich ſchauend. Man hört
außer der Scene Geziſch und Gemurmel;
er ruft zur Scene hinaus) Stille mit eurem
Weibergeklatſch! (zu Serdjukow) Ha! du da,
fürſtlicher Narr?

Serdj. Was willſt du hier in der Stunde
der Mitternacht?

Mohr. Dir gute Nacht ſagen.

Serdj. Laß dir ins Geſicht ſehen!

Mohr. Ich rathe dirs, ſieh mir nicht zu
nahe ins Geſicht!

Serdj. Du biſt nicht allein.

Mohr. Ganz allein, bey meiner Seele!

Serdj Der Anſchlag zu irgend einer ſchwar-
zen That ſchleicht mit dir herum.

Mohr.

Mohr. Mir ist dein Leben lieb. Du machst mir Spaß, und Spaß behagt mir. Auch hast du mir einmal die Knute erspart. Damit du also siehst, daß ich so was nicht vergesse, so rathe ich dir, wenn du nicht wie ein Kalbsbraten durch und durch gespießt werden willst, dich auf der Stelle davon zu machen. Da hinaus, sage ich.

Serdj. Ich verstehe dich. (geht ab)

Siebenzehnter Auftritt.

Der Mohr, Massalsky mit einem Haufen Verschworner. (Die Verschwornen tragen zum Theil Blendlaternen, Strickleitern und andre Instrumente)

Massals. (die Leute vertheilend) Ihr haltet an allen Ecken und Ausgängen Wache. Wer euch in den Weg kömmt, den macht nieder. Ihr bindet die Strickleitern an. Ihr bleibt an meiner Seite. (eine seidene Schnur heraus ziehend) Armer Peter! Sie nennen dich einen großen Mann! Laß sehen, ob sich deine Größe nicht mit dieser Schnur messen läßt. (will zu Thüre hinein) Sie ist verschlossen. Dem Verhängniß und uns sind Thüren und Thore vergebens verriegelt. Sprengt sie auf! Stellt euch entfernter! Itzt nehmt den Anlauf! (sie laufen an, aber umsonst)

F 4   Mohr.

Mohr. (sieht durchs Schlüsselloch) Er bewegt sich darinn. Er kömmt!

Massals. (ihm einen Dolch überreichend) Da geschwinde! Wenn er kömmt, und ich mit ihm rede, vom Rücken!

Mohr. Ich verstehe euch!

Achtzehnter Auftritt.

Czar, die Vorigen.

Czar. (mit Ruhe und Würde) Was wollt ihr? (die Verschwornen ergreift ein panischer Schrecken; sie entfliehen)

Massals. Heil und Segen auf unsern Czar! Aufruhr, gnädigster Herr! Rebellen! (gegen das Fenster) Da seht! in den Gassen wimmelts von Menschen. (da sich der Czar gegen das Fenster kehrt, hohlt der Mohr gegen seinen Rücken mit dem Dolche aus)

Neunzehnter Auftritt.

Menzikof, mit Bewaffneten, Vorige.

Menz. (herein stürzend) Halt, Bösewicht! — (er greift den Mohren am Genicke, und wirft ihn zur Erde. Massalsky entflicht; der Mohr rafft sich auf, und entflieht) Den Flüchtigen nach! Fliegt! verfolgt!

durch=

durchsucht alle Winkel des Palastes! (zum
Czar) Seyd ihr verwundet? O wohl mir,
wohl allen treuen Ruſſen! ihr ſeyd nicht ver=
wundet?

Czar. Freund!

Menz. (zitternd und verwirrt) Alſo iſt
Ew. Majeſtät nichts zu Leide geſchehen?

Czar. (mit Schmerz) Du weißt es, Ale=
xander, was ich bereits für die Meinigen ge=
than habe. Alle Mittel ſind erſchöpft. Ich ha=
be gemildert, verziehen, belohnt, erhoben, be=
ſtraft! Umſonſt! Die ich liebe, die haſſen mich;
denen ich mein Zutrauen ſchenke, die verſchwö=
ren ſich gegen mich; die ich mit Wohlthaten
überhäufe, die laſſen ſich zu Meuchelmördern
dingen, den Freund und Vater im Dunkeln zu
morden. (nach einer Pauſe mit einer Art
von Troſt) Läg' in uns nicht ein vergeltendes
Bewußtſeyn; vertröſtete uns nicht eine beſſere
Zukunft des Lohnes; fühlte man ſich am Buſen
redlicher Freundſchaft nicht edler und größer;
der Menſchen wegen — o der Menſchen wegen
lohnte es wahrlich nicht der Mühe, menſchlich
gehandelt zu haben! — Freund! Vertrauter
meiner Seele! Bruder!

Menz. Ihr umarmt mich Ihr könnt —
Weg! weg! (reißt ſich los) Der Himmel ſtehe
mir bey!

Czar. Menzikof!

Menz. (wirft den Degen und das Ordensband von sich) O daß die Erde unter mir
bräche! der Himmel über mir einstürzte!

Czar. (mit Erstaunen) Was ist dir, Alexander?

Menz. (mit der Stimme der Verzweiflung) Ich bin ein Vatermörder!

Czar. Du?

Menz. Ich bin an meinem Czar zum Hoch-
verräther geworden.

Czar. Du?

Menz. Diese verruchte Hand zeugt gegen
mich.

Czar. Elender! (sich auf einen Sessel werfend) Freundschaft, auch du ein Unding! (steht
auf, und nähert sich ihm) Das Herzogthum
Ingermannland war dir zum Hochzeitgeschenk
bestimmt, (gekränkt) und du verräthst deinen Czar! (unter Thränen) deinen Freund!
(ab)

Menz. (mit Geberden der Verzweiflung)
Wer rettet mich vor mir selber? Wer vernich-
tet mich? (geht ab)

Ende des dritten Aufzugs.

Vier-

Vierter Aufzug.

(Zimmer des Feldmarschalls. Es ist Morgen)

Erster Auftritt.

Natalia allein.

(Mit fliegenden Haaren, und allen Geberden des Schreckens herein stürzend)

Alexander! Alexander! Kein Mensch hier? (heftiger) Alexander! Wo bist du? Hörst du mich nicht? Ich suche dich, rufe, daß alle Gemächer dieses Hauses von meinem Angstgeschrey durchhallen, und du hörst mich nicht?

Zweyter Auftritt.

Natalia, Menzikof.

Nat. (ihm entgegen) O bist du da, mein Schutz, meine Liebe, mein Leben!

Menz. (sich von ihr losreißend) Zurück!

Nat. (mit Befremdung) Alexander!

Menz. Ihr seyd noch frey?

Nat. Frey?

Menz.

Menz. Schlange!

Nat. Ich? (mit Bewußtseyn) Alexander! — (nach einer Pause mit dem bangen
Ausruf einer Verlassenen) Wer rettet mich?
(auf ihren Knien —) Menzikof!

Menz. Weib, was unterfängst du dich noch?

Nat. Mein Vater ist in Ketten, Petersburg in Empörung; ich verlassen — und du
stößt deine Liebe von dir?

Menz. Liebe —

Nat. Bey deinem Namen! ich kenne nichts
Heiligers, als ihn! Stoß das arme, verlassene,
nach Trost und Hülfe ringende Weib — dein
Weib, nicht von dir! Kein Blick? O ein Blick
von dir könnte mich erhalten, und ich soll zu
deinen Füssen vor Elend und Jammer vergehen! (steht auf, und nähert sich ihm) Menzikof, wer bin ich dir?

Menz. Ein entlarvtes Weib!

Nat. Wer war ich dir?

Menz. Ein vermummter Teufel!

Nat. (mit Gefühl von Würde) Wer
spricht so mit mir? Wer darf so mit mir sprechen? (gelassen) Doch nein, nein! ich verstehe
dich nicht.

Menz. Ich verstand dich auch nicht — o ich
Thor, daß ich dich von je her so wenig verstand!
daß ich sogar keinen Sinn hatte, für die schändliche Reihe von Fallstricken, die man mir legte!
daß ich mich durch deine Lobrede auf den Czar,

durch

durch deine ängstliche Fürsprache um Schutz und
Beystand für deinen Vater, durch das scheinba=
re ernsthafte Warnen vor Musik, durch die
Verschwendung von betäubenden Liebkosungen,
durch den zärtlichen Ungestüm, mit dem du mich
im Arme der Liebe zurück hieltest, in diesen
schändlichen Slummer einwiegen ließ!

Nat. O welch schrecklicher Verdacht!

Menz. Mich, Elenden! Wie ich so sicher war
in diesem Schlangenneste, unter dieser gräßli=
cher Brut von Meuchelmördern und Hochver=
räthern!

Nat. Wer erbarmt sich meiner?

Menz. O Weib, Weib! wie hast du mich
hintergangen! wie hat mich dein Meineid so
entsetzlich zu Grunde gerichtet! Sprich, Elende!
Lagst du in den Armen des Czars?

Nat. Schändliche Lüge!

Menz. Also nicht?

Nat. Gott sey mein Zeuge!

Menz. Ha, so zittre — Scheusal deines
Geschlechts! So bist du der Mitverschwornen
Eine!

Nat. Ich?

Menz. Wie du doch so schön und metho=
disch in Ohnmacht zu sinken wußtest! — Wer
außer uns war mit der Sprache unsrer gehei=
men Zärtlichkeiten vertraut? Wer außer dir
konnte diesen Brief angeben? O was thut sich
nun mit einemmale nicht Alles vor mir auf!

Wie

W. urchdringe ich nun mit einem Blicke das
ganze, geheime, langsam angesponnene Gewebe
dieses gräulichen Complotts!

Nat. Wolltest du mich nicht hören, Alexander?

Menz. Geh vor Gericht! da magst du sprechen. Bist du schuldig, ha! so will ich erfind-
sam seyn in einer neuen Art von Rache; so will
ich dir die Gräuel deiner Schande mit blutigen
Zügen ins Gesicht zeichnen, und dich so einer
Welt zur Schau ausstellen! Geh, man bedarf
deiner vor Gericht! Geh!

Nat. Ja, Feldmarschall! ich gehe. Was
immer mein Schicksal seyn mag, ich gehe ihm
mit ruhigem Bewußtseyn entgegen. Gott, unser
Aller Vater, sieht in mein Herz. Er ist der
Unschuld Schützer, aber auch der bedrängten
zu Boden gedrückten Unschuld Rächer. (geht ab)

Menz. (allein) Weib, welch ein Räthsel
bist du mir! Die Miene eines Engels, den
Muth eines Mannes, das Herz eines Teufels!
Wie sie da stand! wie sie antwortete! wie sie
gieng! immer mit Adel, mit Würde, mit dem
Ausdrucke des erhabensten Selbstgefühls —
Natur! wenn du deine schwärzesten Verbreche-
rinnen in das helleste Gewand der Unschuld hül-
lest, was bist du dann anders, als eine furcht-
bare Betriegerinn! (sich auf einen Stuhl werfend, und nach einer Pause) Und doch Natalia? (sich fassend und mit Entschlossenheit)
Ge-

Geblendetes, schändlich hintergangenes Herz! und noch immer willig, dich blenden, dich hintergehen zu laffen!

Dritter Auftritt.

Czar, Menzikof.

Menz. (erschrocken auffspringend) Gott! er selbst! O wo verberge ich mich?

Czar. Erschreckt nicht, Feldmarschall, mich hier zu sehen.

Menz. Wie wallte sonst mein Herz vor heißem, freudigem Ungestüm, wenn es seinen Peter sah! — Ach! nun kenne ich in der Natur nichts Schreckbareres, als diesen Mann.

Czar. Ihr wißt am besten, in wie weit ihr schuldig, oder nicht schuldig seyd. Ob ich gleich euer Richter nicht seyn kann, nicht seyn darf, so wünsche ich doch euer Verbrechen von euch selbst zu vernehmen. Sprecht die Wahrheit!

Menz. War gestern Fürst Amilk.. bey Ew. Majestät.

Czar. Ich sah ihn mit keinem Auge.

Menz. O des tückischen Betrügers! Schickte Ew. Majestät einen Brief durch einen Mohren an Natalien?

Czar. Nein!

Menz.

Menz. (mit Zuversicht) Ich las die Hand,
Ew. Majestät.

Czar. Bey der Ehre eines Mannes, ich
tauchte keine Feder ein.

Menz. O ihr mehr als teuflischen Bösewichter! Sie verleumdeten euch, machten euch
zum Verräther der Freundschaft, zum Meuchelmörder meiner Liebe, überzeugten mich so hell,
so unwidersprechlich, als man nur vom Daseyn
der Sonne überzeugt seyn kann. Mich ergriff
endlose Raserey. Ohne es zu wissen, stürzte ich
von hitzigem Getränke ein Glas um das andere
aus. Wein und Rache erstickten mein Bewußtseyn; meine Seele taumelte wild und verloren
herum in den entsetzlichsten Gefühlen von Schrecken, von Blutdurst, von Verzweiflung, und in
einem solchen Augenblick verrieth ich euch.

Czar. Weiter!

Menz. Freye Luft, und ein Paar Augenblicke, und ich kam wieder zu mir. Ossodar
suchte sich meiner zu bemächtigen, und verfolgte mich von Straße zu Straße. Als ich gegen
den Palast kam, sah ich ihn von Bewaffneten
umrungen. Das planmäßige Bubenstück lag
nun offen vor meinen Augen da. Ossodar wollte Befehl ertheilen. Ich stieß ihm den Degen
durch das Herz, raffte meine Getreuen zusammen, und floh eurer Hülfe entgegen.

Czar.

Czar. O wenn du die Wahrheit sprächst. —
Alexander!

Menz. Kann ich es mit einem Schwur be=
stättigen? Kann der Meineidige, der Hochverrä=
ther schwören?

Czar. Ich glaube deinen Worten — Ich
verzeihe dir!

Menz. (auf seinen Knien) O nein, nein,
großer Czar! Laßt mich in Fesseln werfen! Wenn
sich meine Sinne verwirren, wenn Wuth und
Verzweiflung meiner sich bemeistern, ha, da
könnte ich Dinge verüben, die nicht wieder gut
zu machen sind. O laßt mich in Fesseln wer=
fen! —

Czar. (steht auf) Wache! (sie kömmt)
Nehmt den Feldmarschall in Arrest! — Das
Gericht hat sich versammelt. Ich habe Män=
ner ohne Vorurtheil, ohne Leidenschaft dazu er=
nannt. Seyd ihr dem Himmel so werth, als
mir, so wird er Gefühle von Menschlichkeit in
die Herzen eurer Richter gießen. (geht ab)
Menzikof wird von der Wache fortgeführt)

G   Vierter

Vierter Auftritt.

(Der Saal des Kriminalgerichts. Schwarze
Tapeten)

Acht Richter an der Tafel. Obenan der
Präsident mit einem Ordensband behangen.
Zu jeder Seite an einem besondern Tische ei-
Schreiber, welcher die Aussagen der Ver-
schwornen und die Urtheile des Gerichts
niederschreiben.   Der Mohr steht
vor Gericht. Sein Verhör ist zu
Ende.

Präsident. Bleibst du bey deiner Aussage?

Mohr. Ja!

Präsident. Erwarte dein Urtheil! (er läutet. Giebt der Wache, die kömmt, ein Zeichen; sie führt den Mohren ab) Richter über
Leben und Tod! euer Urtheil über den Beklagten.

Die Richter. (einstimmig) Wir verurtheilen ihn zur Knute und zum Strange.

Präs. (läutet; zum Gerichtsdiener)
Fürst Amilka! (er wird von der Wache gebracht, die sogleich wieder abgeht)

Fünf-

Fünfter Auftritt.

Amilka, Vorige.

Präſ. Wer ſeyd ihr?

Amilka. Fedor Amilka, Kneſe des Reichs.

Präſ. Ihr ſeyd als das Haupt der Ver-
ſchwornen gegen ſeine Majeſtät den Czar angeklagt.

Amilka. Wer zeugt gegen mich?

Präſ. Bereits zwanzig der Mitverſchwor-
nen.

Amilka. Ich bekenne.

Präſ. Was hat euch dazu veranlaßt?

Amilka. Ewiger Haß gegen den Czar.

Präſ. Gebt die Mitſchuldigen mit an!

Amilka. (zieht ein Blatt hervor) Feldmarſchall Menzikof, und Natalia Luwansky,
geborne Fürſtinn Amilka. Beyder Unterſchrift
bürgt für die Wahrheit meiner Ausſage.

Präſ. Weiter!

Amilka. (das Blatt auf den Tiſch le-
gend) Hier ſtehen ihre Namen von ihnen ſelbſt
geſchrieben.

Präſ. Habt ihr nichts zu eurer Vertheidigung zu ſagen?

Amilka. Nein!

Präſ. Verharret ihr auf eurer Ausſage?

Amilka. Ich bin ein Mann.

G 2 Präſ.

Präs. (läutet, die Wache führt Amilka ab) Richter über Leben und Tod! euer Urtheil über den Beklagten!

Die Richter. Wir verurtheilen ihn zum Rade.

Präs. (läutet zum Gerichtsdiener) Die Fürstinn Natalia Cuwansky. (sie wird von der Wache gebracht)

Sechster Auftritt.

Natalia, Vorige.

Präs. Euer Name?

Nat. Natalia Cuwansky, geborne Fürstinn Amilka.

Präs. Wißt ihr, warum ihr hier seyd?

Nat. Nein.

Präs. Ihr seyd als eine der Hauptverschwornen gegen den Czar angeklagt.

Nat. Ich bin mir keiner Verschwörung, keines, auch nicht des entferntesten Antheils an irgend einem Hochverrath bewußt.

Präs. (übersendet ihr durch einen Schreiber ein Blatt) Kennt ihr diese Hand?

Nat. Mein Name, und meine Hand.

Präs. Kennt ihr diesen Aufsatz?

Nat. Nein!

Präs. Fürst Amilka hat gegen euch gezeugt.

Nat.

Nat. (erschrocken) Mein Vater? Gott,
mein Vater gegen mich!

Präs. Wollt ihr euch mit ihm confrontiren
lassen?

Nat. Ja! Nein, nein, wollte ich sagen.
Ich mit meinem Vater vor Gericht! Nein, lieber den schimpflichsten Tod!

Präs. Nun so sprecht!

Nat. Mein Vater und meine Hand zeugen gegen mich! — Wenn ich mich schuldig
gebe, kann das meinem Vater das Urtheil mil-
dern?

Präs. Wir sprechen nach Recht und Gerechtigkeit. Habt ihr nichts zu eurer Vertheidigung zu sagen?

Nat. Was helfen hier Worte? Was Thränen? Mein Vater und meine Hand zeugen ja
gegen mich.

Präs. So beklagen wir euch. — Tretet ab!
(er läutet, Natalia wird fortgeführt) Richter über Leben und Tod! euer Urtheil über die
Beklagte! (Gemurmel unter ihnen; Einzelne
unterreden sich) Noch einmal, euer Urtheil
über die Beklagte!

Die Richter. Wir verurtheilen sie zum
Schwert.

Sieben-

Siebenter Auftritt.

Vermummter. Vorige.

Vermummter. (noch von außen) Gott
sey euch gnädig, wenn ihr euch widersetzt! (als
er herein tritt, entsteht ein Gemurmel unter den Richtern)

Präs. Was wollt ihr?

Vermummt. Fürchtet euch nicht, sage ich
euch! Hier lest (überreicht dem Präsidenten
ein Papier

Präs. (nachdem er gelesen, zu den Richtern) Ich stehe vor eure Sicherheit. (zum Vermummten) Was wollt ihr hier?

Vermummt. Zeuge eures Gerichts seyn. —
(ein Gemurmel unter den Richtern)

Präs. Es sey; aber verhaltet euch ruhig!

Vermummt. Richter des obersten Crimi-
nalgerichtes! seyd gerecht, aber auch menschlich! Ihr könnt die Unschuld an Ketten schmie-
den, die Tugend auf der Folterbank martern,
das Blut der Gerechten in Strömen vergießen,
und doch gerecht seyn. Darum bitte ich euch
noch einmal, seyd gerecht, aber auch menschlich!

Präs. (läutet, zum Gerichtsdiener) Feldmarschall Menzikof! (er wird von der Wache
gebracht)

Achter

Achter Auftritt.

Menzikof, Vorige.

Präf. Euer Name?

Menz. Alexander Menzikof.

Präf. Euer Rang?

Menz. Feldmarschall.

Präf. Ihr seyd als Mitverschworner ge=
gen das Leben seiner Majestät des Czars ange=
klagt.

Menz. Fragt und richtet!

Präf. (ihm durch einen Schreiber ein
Blatt sendend) Ist das eure Hand?

Menz. Ja!

Präf. Was hat euch veranlaßt, euch gegen
das Leben des Czars zu verschwören?

Menz. Vor dem Richterstuhl der Freund=
schaft könnte ich mich vertheidigen. Aber vor
eurem Richterstuhle steht der Soldat, der Bür=
ger, der Unterthan, und hat nichts zu seiner
Vertheidigung zu sagen.

Präf. So beklagen wir euch.

Vermummt. Richter! ihr verdammt viel=
leicht den Mann, und glaubt gerecht gerichtet
zu haben. Aber ich sage euch, ein edler, ein
gerechter, ein schuldloser Mann ist es, den ihr
verdammt. Hört mich, und dann sprecht das
Urtheil. Wer der Mann ist, brauche ich euch
nicht erst zu sagen. Was der Mann auf dem

G 4 Schlacht=

Schlachtfelde, was er im Cabinet für Rußlands Wohl gethan hat, wißt ihr Alle so gut,
als ich. Daß der Mann Eigenschaften des Geistes, der Großmuth, der Stärke, der Helden-
kraft von zehn Männern in sich faßt, wird Keiner von euch in Abrede stellen wollen. Nun
dann Männer des schrecklichen Blutgerichts!
wie ist euch? Bebt euch nicht die Seele? Ergreift euch kein Schauder, da ihr über Rußlands tapfersten Krieger, über eures Czars in-
nigsten Freund, uber den Edelsten, Ruhmvollsten
eurer Mitburger das Verdammungsurtheil aus-
sprechen sollt? — Habt ihr nicht gehört? Der
Freund des Czars könnte sich vertheidigen. Warum verlangtet ihr diese Vertheidigung nicht?
Warum laßt ihr so gerne den Bürger und Unterthan vom Freund des Czars trennen? —
Wahr ists, sein Name steht auf diesem Blatt.
Aber das Warum, und das Wie, thut das
nichts zur Sache? Hört, Männer des Blutgerichts! Man legte einen tief durchgedachten Plan
gegen ihn an. Man lockte ihn durch eine Reihe von Ränken in das Complott. Man machte ihm den Czar verdächtig. Man überzeugte
ihn durch dessen nachgemachte Hand des schänd-
lichsten Verraths an seiner Freundschaft. Sein
Czar, sein Freund ein Verräther! das that ihm
wehe; das, Männer, zerriß ihm die Seele! Das
Herz von unnennbaren Peinen gefoltert, die
Phantasie von starkem Getränke erhitzt, von den
Zu-

Zudringlichkeiten der Rebellen zur Rache, zur Wuth entflammt, fortgerissen von der unbezwingbarsten, empörtesten aller Leidenschaften, gab er im wirbelnden Unbewußtseyn seiner selbst seinen Namen von sich.

Menz. Edler Unbekannter —

Vermummt. Unterbrecht mich nicht! Entfernt aus der Versammlung der Verräther, den ersten Augenblick wieder er selbst, sammelt er seine Getreuen, fliegt in den Palast, sucht die Meuchelmörder auf, zerstreut sie, nimmt sie gefangen, streckt den Mohren, der schon den Dolch gegen den Rücken des Czars zückt, zur Erde. Seht ihr nun, Richter, wie eine ganz andere Gestalt die Sache durch dieses Warum und Wie gewinnt?

Menz. Großmüthiger Unbekannter, wer bist du? Was für ein seltner Trieb von Freundschaft, von menschlichem Wohlwollen hat dich zu dem sonderbaren Schritte verleitet, die Sache eines Verräthers mit so viel Wärme, mit so viel Kühnheit des Geistes zu vertreten?

Vermummt. (ihm die Hand schüttelnd) Kennst du mich nicht?

Menz. (mit Erstaunen) Ists möglich?

Vermumm. Richter des obersten Criminalgerichts! euer Urtheil!

Präs. Wir wünschen, ihr sprechet die Wahrheit. Aber wie können wir einem Vermummten Glauben beymessen?

Ver.

Vermummt. (nimmt die Maske vom Gesicht) Ist der Zeuge gültig? (man erkennt in ihm den Czar. Die Richter stehen auf)

Menz. Euer Majestät!

Czar. Euer Urtheil!

Präs. Richter über Leben und Tod! euer Urtheil über den Beklagten!

Die Richter. Wir sprechen den Feldmarschall Menzikof los von Schuld und Strafe.

Czar. Man säume nicht, seine Unschuld unter dem Volke bekannt zu machen! Was hier vorgegangen ist, bleibt unter uns.

Menz. (zu den Füssen des Czars) Euer Majestät!

Czar. In der Schlacht bey Pultawa war es, wo ich dir ein Leben schuldig geworden bin. Die Schuld ist abgethan, (geht ab)

Menz. (noch auf den Knien) Euer Majestät!

Fünf=

Fünfter Aufzug.

(Cabinet des Czars)

Erster Auftritt.

Czar, hernach Serdjukow.

Czar. (einigemal auf und ab gehend)

Mein Narr hat sich heute ausgezeichnet. Wohl, er soll es nicht umsonst gethan haben! (läutet zum Dentschick) Der Narr soll kommen! Dentschick ab).

Serdj. (eilfertig herein) Liegst du an der langen Weile krank, daß du deinen Narren brauchst?

Czar. Dafür bist du ein meisterlicher Arzt.

Serdj. Ja, ein Arzt, der sich selbst mit Opium, oder lieber gar mit Gift curiren möchte.

Czar. Komm näher!

Serdj. Schönen Dank!

Czar. Warum nicht?

Serdj. Ich lebe mit Scharfrichtern nicht gerne auf allzu vertraulichem Fuß.

Czar. Du magst deine Ursache dazu haben.

Serdj. Ueberhaupt bist du ein dreyfach großer Mann, eine ungeheure Maschine von einem großen Manne.

Czar.

Czar. Wie so?

Serdj. Der größte Wucherer in deinem Lan-
de, der größte Bootsknecht auf der See, der
größte Scharfrichter in Europa.

Czar. Und du bist der traurigste, gröbste
Spaßmacher in der Welt; ich bin daher so ziemlich der Meynung, dich deines Amtes zu entsetzen. (mit Ernst) Komm näher! Wer ver-
schloß die Zugänge zum Palast, als diese Nacht
die Rebellen schon eingedrungen waren?

Serdj. Dein Narr!

Czar. Wer machte im Palaste Lärm?

Serdj. Dein Narr!

Czar. Warum das?

Serdj. Um es deiner Scharfrichterkunst
nicht an Armensünderexercitium mangeln zu
lassen.

Czar. Wer öffnete dem Feldmarschall das
Hauptthor des Palastes?

Serdj. Wieder dein Narr!

Czar. Warum?

Serdj. Weil der Feldmarschall der grim-
migste Fanghund auf deiner großen Hetze ist.

Czar. (läutet, zum Dentschick) Was ich
befohlen habe. (er bringt auf einer Tatze einen Federhut, einen Degen, und ein Papier. Zu Serdjukow) Deine Kappe! (nimmt
ihm die Kappe ab, und setzt ihm den Hut
auf) Deine Kolbe! (giebt ihm dafür den De-

gen,

gen, und überreicht ihm das Papier) Glückliche Reise, Gouverneur von Kiow!

Serd. (stürzt zu den Füssen des Czars) Euer Majestät!

Czar. Dein Fleck ist abgewaschen. Morgen sey die öffentliche Feyer deiner Vermählung mit Chrilla. Werde ein guter Bürger! Geh! (ruft ihm nach) Noch eins, ich komme zur Hochzeit. Itzt geh! (Serdjüköw geht ab)

Zweyter Auftritt.

Menzikof, der Czar.

Czar. Wiedergefundener Freund!

Menz. (niedergeschlagen) Ach Gott!

Czar. Die Unannehmlichkeit dieses kleinen Zwistes sey für uns von keiner andern Folge, als daß sie die Herzen zweyer Freunde einander nur näher gebracht hat.

Menz. O ihr wißt euch zu rächen! Euer Zorn, euer Grimm könnte mich beugen; aber all die Verschwendung eurer Güte drückt mich vollends zu Boden! O Gott! zu was für einer Tiefe von Elend und Niedrigkeit hat mich eine einzige Nacht herab gestürzt!

Czar. Nichts weiter davon!

Menz. Ein Elender ohne Kräft, ohne Selbstvermögen werfe ich mich in die Arme meines großmüthigen Peters, überlasse mich eurer Leitung. Wollt ihr mich wieder zu eurem Freunde machen —

Czar.

Czar. Alexander!

Menz. O so vollendet das Werk eurer gro=
ßen Seele, und macht den Freund wieder zum
Manne! (nach einer Pause bang und schüch=
tern) Ist mir eine Frage erlaubt?

Czar. Rede!

Menz. Nataliens Schicksal?

Czar. Ist in den Händen ihrer Richter.

Menz. Wenn sie unschuldig wäre?

Czar. So flöhe ich mit ihr in die Arme ih=
res Bräutigams.

Menz. Wenn sie aber doch Theil an der
Verschwörung hätte? einen Theil der Schuld im
Herzen trüge? durch Kabale mit in das Mör=
derkomplott gezogen worden wäre?

Czar. Dann — dann verzeihe ich ihr um
meines Freundes willen, und Menzikof —

Menz. Wird ihr dann wohl auch verzeihen
müssen.

Dritter Auftritt.

Ein Rath, Vorige.

Rath. Euer Majestät, die Todesurtheile.

Czar. (nachdem er sie abgenommen)
Wart in dem Vorzimmer! (der Rath geht ab;
nachdem er einige Todesurtheile durchgese=
hen, hält er eines mit zitternden Händen)
Gott! was lese ich.

Menz.

Menz. (mit an Schrecken grenzender Er-
wartung) Natalia —

Czar. Ist der Hauptverschwornen eine/ —

Menz. Der Hauptverschwornen eine —

Czar. Steht eigenhändig unterzeichnet unter dem Verschwörungseid oben an; hat die
Aussage ihres eignen Vaters, die Aussage meh-
rerer Mitverschwornen, endlich ihr eigenes Be-
kenntniß gegen sich.

Menz. (nach einer Pause freyer athmend)
Wohl mir! Wohl mir! Ich bin genesen. (während der Czar die Todesurtheile unterschreibt) Ha, verruchtes Weib! Mörderinn
der Freundschaft und Liebe! O daß ich selbst
dein Henker, dein Peiniger seyn könnte! Wie
wollt' ich dich immer mit donnernden Flüchen,
mit allen Verwünschungen der tobenden Rache,
des wüthenden Grimmes zurück erwecken von
jeder tödtlichen Verzuckung neuer, martervol-
lerer Verzweiflung —

Czar. (läutet; der Rath kömmt; er
übergiebt ihm die Todesurtheile bis auf eins)
Die schleunigste Execution! (der Rath geht ab)
Sie sind alle unterzeichnet bis auf eines. Die Feder
sinkt mir aus der Hand, wenn ich bedenke, daß
es die Geliebte, die Braut meines Freundes
ist, der ich das Todesurtheil unterzeichne.

Menz.

Menz. So gebt der Schlange keine so eh-
renvolle Namen! Die Verrätherinn, sie soll
sterben.

Czar. Ich dächte doch, ein Aufschub bis
morgen —

Menz. Wozu die Frist einer Stunde der
Mörderinn?

Czar. Es ist ja immer doch nur ein Weib.

Menz. Ein Weib, ein Weib — kennt ihr
die Weiber so wenig? O was sind euch tausend
offenbar verschworne Feinde gegen eine solche
Verbrecherinn, mit diesem bezaubernden Blicke,
dieser giftigen, süß überre aden Zunge, dieser
in Verschlagenheit und Tü.. n geübten bis zum
letzten Grade von Täuschung, Edelmuth und
Tugend häuchelnden Seele!

Czar. Du sprichst in der Leidenschaft, Alexander!

Menz. Ich bin kalt, sehr kalt. Ich bitt'
euch um euer selbst willen, schreibt!

Czar. Woher kömmt es, daß mir diese drey
Buchstaben so sauer werden?

Menz. (kalt und bitter) Es war ein
Mädchen, schön, blühend, lieblich, wie das
Abendroth, sprechend, die Seele schmelzend, wie
der Silberlaut der Harfe, einladend, bezaubernd
wie das Lächeln einer Huldgöttinn!

Czar. Ist das nicht Natalia?

Menz. Das war Hamilton. — Peter, ihr
erinnert euch doch noch an Hamilton?

Czar.

Czar. Grausamer!

Menz. Ihr waret dem Mädchen gut. Wer widersteht euch? Schamhaftigkeit ist ja auch Tugend. — Hamilton war Mörderinn eines Kindes, eines Kindes, das vielleicht euer Kind war.

Czar. (etwas heftig) Feldmarschall —

Menz. Hört mich! die Mörderinn aus Schamhaftigkeit wurde verurtheilt zum Tode. Die Hand, die einst so süßen Zeitvertreib darinn fand, mit ihren goldenen Locken zu spielen, die Rosenblüthe ihrer Wangen zu streicheln, diese nehmliche Hand unterzeichnete ihr das Todesurtheil! — Itzt schreibt ihr doch?

Czar. Ja, ich schreibe.

Menz. Nein, schreibt nicht! Unter mancher Urkunde, die Kronen bestättigte, Völkerschaften zum Kriege aufboth, Königreichen den Oelzweig des Friedens brachte, steht mein Name statt dem euren. O laßt mich ihn auch unter das Todesurtheil einer Königsmörderinn setzen!

Czar. Unsinniger, was willst du?

Menz. Auf meinen Knien bitt ich euch! Euch werden ja die drey Buchstaben ohnehin so sauer.

Czar. Nun denn, ich schreib! — (Mens zikof ergreift hastig die Feder, und unterschreibt) Bedenke, was du gethan hast!

b   **Menz.**

Menz. Rache genommen, süße, all mein
Inners mit Wonnegefühl durchglühende Rache.

Czar. Ein Wort, und dein Name stand
nie hier.

Menz. O laßt mir doch die Wollust, daß
sie ihn sieht und verzweifelt. (eilt mit dem
Todesurtheile ab)

Czar. Wahnsinniger! (eilt ihm nach)

Vierter Auftritt.

(Ein Gefängniß.)

Natalia. Eine Gerichtsperson.

Natalia. (in einem weißen schwarz gar-
nirten Kleide, sitzt an einem Tisch, und
bringt in ihrer Chatoulle verschiedenes in
Ordnung, dann mit Entschlossenheit und
Größe der Seele) Ich bin reisefertig.

Gerichtsp. (tritt ein) Ich habe eurem
Vater die Erlaubniß bewirkt, euch zu sprechen.

Nat. Ich danke euch.

Gerichtsp. Er wird sogleich hier seyn.

Nat. Wie sah er aus, als ihr ihm meinen Namen nanntet?

Gerichtsp. Sein Aug war trocken, sein
Blick kalt.

Nat. Amilka und Thränen. (sie nimmt
einen Ring vom Finger, und drückt ihn der
Gerichtsperson in die Hand) Nehmt das zur

Erkennt-

Erkenntlichkeit. Lebt wohl! (Die Gerichtsperson ab)

Natalia. (allein) Er ruhig, ruhig bey seinem Bewußtseyn? Und du Natalia, solltest es nicht auch seyn? — (ein Gerassel von Ketten) Was hör ich? — Gott, mein Vater!

Fünfter Auftritt.

Amilka (in Ketten) Natalia.

Amilka. (kalt und fest) Ihr wollt mich sprechen?

Nat. Was kann eine Tochter in den letzten Augenblicken ihres Lebens mit heißerer Sehnsucht wünschen, als —

Amilka. Es ist sehr zur Unzeit, mich an diese unseligen Verhältnisse zu erinnern. Macht es kurz, sagt mit zwey Worten, was ihr zu sagen habt!

Nat. Wir Beyde machen eine so große Reise, mein Vater! O steht doch am Rande des Grabes einen Augenblick still, und bedenkt! — Jenseits, mein Vater, jenseits —

Amilka. Thörinn! Den Himmel und die Hölle jenseits denkt man sich entfernt; den Himmel Rache genießt man gleich. Glückliche Reise! (will fort)

Nat. (ihn zurückhaltend) O mein Vater!

H 2   Amilka.

Amilka. (mit starrem Blick auf ihr zu
hend, und sie umarmend) Wahrlich, süß war
mir der Augenblick deines Entstehens! — (sie
von sich stoßend) aber ein Himmel der Augenblick, indem ich dich verderbe; dich, Wider-
sächerinn meines Ruhmes, Zerstöhrerinn meiner Größe! — (gemäßigt) Hast du noch was
zu sagen?

Nat. Nichts mehr! nichts mehr, mein
Vater, als (die Rechte gegen ihn ausstre-
ckend) daß ich euch verzeihe. (Amilka scheint
gerührt zu seyn, kämpft mit sich, ermannt
sich, und geht entschlossen ab) Du gehst,
Ungeheuer, den Fluch im Herzen, gegen ein
schuldloses Kind, beladen mit dem Fluche des
Ewigen! den du verläugnest.

Sechster Auftritt.

Natalia, Ein Richter (in schwarzem
Kleide, von einigen Personen begleitet.

Richter. (ihr das Urtheil überreichend)
Von Gerichts wegen!

Natalia. (nachdem sie es eröffnet hat,
zurückbebend) Feldmarschall Menzikof im Namen des Czars?

Richter. Habt ihr verstanden?

Nat. (sich fassend) Ja! Wie lange habe ich Frist?

Rich-

Richter. Ich kann euch nicht sicher eine
Stunde versprechen.

Nat. Man wird mich bereit finden.

Richter. (geht ab)

Siebenter Auftritt.

Natalia. (allein)

Sein Name! — Sein Name unter meinem
Todesurtheil! Alexander, du konntest deine
Hand ins Blut tauchen? — Ein Vater zeugt
gegen ein schuldloses Kind; die Liebe selbst ver-
dammet dich zum Tode! Giebt es etwas Grauen-
volleres in der Natur? — Und doch, was ist
das für ein Gefühl in mir, das so mächtig
über alles Irdische empor strebt, so laut und
kraftvoll zu meiner Seele spricht, so viel Trost,
so viel heitere Zuversicht in all mein Wesen
gießt? Reines Bewußtseyn! Gefühl der Unschuld, das bist du! Ruhig steh ich am Rande
des Grabes! Hier im Staube, wie soll ich mich
ermessen, den geheimnißvollen Planen ewiger
Weisheit in den Weg treten zu wollen? — —
O all ihr edlen, schönen, himmlischen Seelen
der Vorzeit, ihr rühmlichen Opfer der Cabale,
oder der Tyranney, die ihr voll der erhabensten
Würde des Selbstgefüh's mit offenem Auge,
mit heiterer Mine, mit unbezwingbarer Beharr-
lichkeit jeder Art des Martertodes entgegen gegangen seyd! euch zu folgen, wie ihr zu ster-

H 3   ben,

ben, das heißt ja siegen — nicht sterben. —
Nun noch ein Paar Worte an ihn, an ihn, in
deffen Augen strafbar zu seyn, mir so endlos
schmerzlich wird! (sie schreibt mit Bleystift
auf ein Blatt.) Das sey dein Erbtheil, das
meine Rache!

Achter Auftritt.

Natalia. Cyrilla (in schwarzer Klei=
dung)

Cyrilla. (in die Arme der Natalia)
Natalia!

Natalia. Besuchst du mich in meiner
Brautkammer?

Cyrilla. Ach Gott!

Nat. Wenig Augenblicke noch, und wir
scheiden auf ewig.

Cyrilla. Ich verlasse dich nicht.

Nat. Weg mit diesen Thränen! Sie neh=
men mir zwar meinen Muth nicht; aber doch
sind es Thränen leidender Freundschaft.

Cyrilla. Ach Gott, ich halte es nicht aus.

Nat. Ist es nicht eines der wohlthätig=
sten Geschenke vom Himmel, das Vermögen
des Menschen, sich sein Uebel so klein und so
groß zu schaffen, als er nur will? Sey ruhig!
tröste dich mit mir!

Cyrilla. Große Seele!

Nat.

Nat. (ihr die Thränen von dem Auge
trocknend) Die letzten Augenblicke meines Lebens wollen ein wichtigeres Geschäft, als Thränen. Ich bitte dich, einige Aufträge zu über-
nehmen, die ich nur meiner Freundinn vertrau-
en will. (Papiere aus der Catoulle nehmend,
und Eines um das Andere Cyrillen überreichend) Hier ist eine lebenslängliche Versor-
gung meiner Leute. Dieß enthält eine Summe
zur Ausstattung armer tugendhafter Mädchen.
Die hier bestimmte Summe soll unter Hausar-
me vertheilt werden. Dieß ist ein Andenken
für dein Kind. Die kleine schmeichlerische Seele
hieng immer mit soviel liebvoller Innigkeit an mir.
Es ist mein Bild. Nun mag ihm freylich nur
die glänzende Einfassung gefallen, aber bald
wird der Knabe ein warmer fühlender Jüngling
seyn, sich meiner Schicksale erinnern, und das
Bild werther finden, als den Schmuck desselben.

Cyrilla. O wenn du wüßtest, wie mir deine Zärtlichkeiten durch die Seele dringen!

Nat. Du erinnerst dich doch an mein klei-
nes Landgut bey Kronstadt? Wie wir da in ge-
selliger Eintracht so manchen häuslichen Monath
mit einander lebten! wie da die Natur unter
der emsigen Pflege unserer Hände so bald zu
einem kleinen Eden empor blühte! Nimm es
als ein Geschenk von deiner Freundinn! Ich
bitte dich, fasse dich! Ich bedarf noch des letzten Beweises deiner Liebe.

H 4   Cyrilla.

Cyrilla. Mein Leben für das deine.

Nat. Auch meines Alexanders hab ich nicht vergessen. — O ich muß in seinen Augen das verabscheuungswürdigste Geschöpf, der unseligste Auswurf von Gottes Schöpfung seyn. (ihr eine Börse überreichend Nimm dieses Gold: erweis mir den freylich etwas schauderhaften Liebesdienst, und erkauf damit meinen Kopf, wenn er vom Rumpfe ist, von dem Henker.

Cyrilla. (mit Entsetzen) Natalia!

Nat. Eile damit zu einem großen Mahler, daß er das erblaßte, blutbespritzte Antlitz entwerfe, mit allen Zügen der muthvollen Unschuld, der siegenden Duldung, wie er sie darinn finden wird. Dieses Gemälde, mit diesem Blatt begleitet, sey ein Geschenk für meinen Bräutigam! Du staunst! — O staune nicht! Sein Name steht unter meinem Todesurtheil.

Cyrilla. O des Barbaren!

Nat. Wenn der Himmel gerecht ist, wenn meine Unschuld an den Tag kömmt (mit Zuversicht) wie sie an Tag kommen muß, so hinterlaß' ich ihm in diesem Gemälde ein Denkmaal, das ihm sein ganzes Leben hindurch schreckbar und heilig seyn wird.

Cyrilla. (ihr die Hand reichend, und mit Muth) So wahr Gott über mir ist, dein Wunsch soll erfüllt werden.

Neunter Auftritt.

Gerichtsperson mit Wache, Vorige.

Gerichtsp. Ich habe Befehl euch abzuholen.

Cyrilla. (wie außer sich) O Gott!

Nat. Ich folg euch. — Verzweifle nicht, Freundinn! wir nehmen noch nicht Abschied. (Arm in Arm ab, Gerichtsperson folgt)

Zehnter Auftritt.

(Menzikofs Wohnung)

Menzikof. (allein)

(Tief denkend und niedergeschlagen auf einem Sessel) Also wäre das die Welt? Das der Mensch in ihr? Das die Seligkeiten hienieden? Kurzsichtiger Thor, der du immer so erhabne, so heilige Begriffe von der Natur hattest! warst du glücklich, oder wähntest du es zu seyn? Oder giebt es wirklich Träume, die uns ununterbrochene Jahre hindurch im süßen Schlummer eines betäubenden Wahnes fortwiegen? Wenn des Menschen Thaten und Glück, wenn seine Ruhe, wenn seine Seligkeiten bloß das Schattenbild eines vorüber fliegenden Traumes sind; warum muß denn um des entsetzlichen Wechsels willen sein Elend Wirklichkeit seyn? — Natalia! Natalia! — Wieder dieser Name von deinen Lippen? Wieder diese volle marternde Empörungen des Herzens bey diesem Namen? —

Wie?

Wie? Sogar eine Thräne? — Gott vergebe mir diese Thräne! Sie ist die schimpflichste, die je vom Auge eines Mannes geflossen ist. (man hört das Getöse vom versammelten Volke, das Läuten einer Glocke, das Rühren der Trommeln. Er eilt gegen das Fenster) Ha die Execution hat ihren Anfang genommen.

Eilfter Auftritt.

Czar. Menzikof.

Czar. Du so allein, Alexander? Komm mit mir! Beyde bedürfen wir der Zerstreuung!

Menz. O laßt mich hier! Ich will Blut! Laßt mich meine Verwünschungen, meine Flüche mit jenen des empörten Volkes vermengen.

Czar. Und glaubst du, daß dir diese Arzney behagen wird? Laß uns gehen!

Menz. Einen Augenblick noch. Dort am Ecke, was windet sich langsam herüber? Ha Amilka! Seht den kühnen, trotzenden, durch keine Art der ausgesonnensten Marter zu erschütternden Bösewicht! Sein Schritt ist sich gleich und fest, sein Blick rollt umher frey und unverschämt. — Ha du siehst herauf! — Unumwölkt ist seine eiserne Stirne, gefärbt seine Wange. Wie im gefälligen Scherze spricht er mit seinen Henkern. — Unerschrocken und neugierig ruht sein Blick auf den Werkzeugen

seiner

feiner Marter. — O daß dirs, wie langsam verzehrendes Feuer durch alle Lebensgeister des Körpers, durch alle Empfindungen der Seele wüthete.

Czar. Freylich ein Bösewicht, aber dabey doch ein Mann.

Menz. Sagt selbst, sieht er nicht aus, als ob er die Rache zu einem Meisterstück gegen sich auffodern, als ob er den Schmerzen nicht der Schmerz ihn peinigen wollte; als ob seine Gebeine zu eisernen Knochen geworden, und diese eisernen Knoch.n der Wuth des zerschmetternden Rades entgegen trotzten? — Dort ein neuer Schwarm in heissem Gedränge. (gerührt.) O was seh ich? — Warum wird mein Herz auf einmal so weich? Was muß das für ein mächtiger Sonnenstral seyn, der diesen kalten Kiesel so plötzlich zu schmelzen gewußt hat?

Czar. Nun ist es Zeit, daß wir vom Fenster gehen.

Menz. O bleibt! Wenn ihr ein Jahrhundert überlebt, die Scene seht ihr nie wieder! Erscheint das Verbrechen in dieser Gestalt, was Wunder, daß es sogar den Glanz der Tugend verdunkelt? Eine schöne Verbrecherinn, eine solche Verbrecherinn, groß wie ein Mann, tapfer und unerschrocken, wie ein Mann, ist ein schöner Anblick, ist wahre Augenweide für einen Mann!

Czar. Und nun genug!

Menz.

Menz. Verwandelt die Welt in ein Trauerspiel, den Anblick schaft ihr mir doch nicht wieder (sieht eine Pause starr gegen das Fenster.) Gott, wenn sie unschuldig wäre! (mit matter, zitternder Stimme.) Ihr habt recht. Laßt uns vom Fenster gehen! — Wie wird mir? Mein Auge verdunkelt sich; meine Knie brechen.

Czar. (ihn auf einen Sessel bringend.) Leg deinen Kopf an das Herz deines Freundes!

Zwölfter Auftritt.

General Bauer. Vorige.

Bauer. (noch außer der Scene.) Zurück! Laßt mich! Ich muß hinein.

Czar. Was soll das?

Bauer. (stürzt hinein.) Um Gottes willen! — Rettung, Rettung der Unschuld!

Menz. (aufspringend.) Was sagst du?

Bauer. Natalia ist unschuldig.

Menz. (wie außer sich.) Unschuldig —

Bauer. O es wird schon zu spät seyn! bis ich mich durch alle Wachen durchgekämpft habe. —

Czar. (heftig.) Kannst du ihre Unschuld beweisen? —

Bauer. O Rettung zuvor! Wenn eure Füsse nicht so schnell sind, als der Lauf der menschlichen Stimme, so —

Czar.

Czar. (eilt gegen das Fenster, ringt
dann die Hände) Großer Gott! es ist vorbey!
Schon hat sich das Volk in Haufen auf die
Bühne gedrängt.

Menz. (in Geberden der Verzweiflung.)
Blut der Unschuld! Blut der Liebe! (zu Bauer.) Red, — Elender! Nein, sie ist nicht unschuldig! — Alle seyd ihr stumm, wie die Mitternacht der Wüste, Alle blaß, wie ein Leichen-
tuch.

Dreyzehnter Auftritt.

Tzudof. Vorige.

Tzudof. Euer Majestät, eure Richter haben kein Ohr für das Flehen eines Greises!
Zehn Jahre sind es, daß ich unschuldig im
Kerker geschmachtet habe. Ich fodere von euch
das Leben der unschuldigen Fürstinn.

Czar. Armer Mann, ihr kommt zu spät.

Tzudof. Weh dann euch! Seht ihr, wie
eure Krone vom Blute der Unschuld trieft?

Czar. (zu Bauer.) Deine Beweise!

Bauer. Natalia glaubte ihren Namen unter den Heurathskontrakt zu schreiben; und
schrieb ihn unwissend unter den Verschwörungseid, der ihr untergeschoben wurde.

Czar. Wer sah das?

Bauer. Ich selbst. Ich stand dicht hinter
ihrem Stuhle. Man brachte sie dann fort.

Die

Die übrigen Verschwornen unterschrieben sich auf dem nämlichen Blatt. Ich weigerte mich, wurde ergriffen, entwaffnet, und, an Händen und Füssen gebunden, in ein unterirdisches Gewölbe fortgeschleppt, wo man mich auf die Aussage eines der Verschwornen erst itzt auf- suchte und frey machte.

Czar. Schrecklich, schrecklich!

Menz. Aus diesem Herzen kam der Mord; diese Lippen sprachen ihn aus über sie! Diese Hand vergoß das Blut der Unschuld und der Liebe.

Czar. Grauenvoller Tag! O daß du aus der Erinnerung, jenem zweydeutigen Geschichts- buche der Menschheit, zu vertilgen wäreſt, ich gäbe das schönste, rühmlichſte Jahr meines Lebens dafür!

Vierzehnter Auftritt.

Cyrilla. Vorige.

Cyrilla. (zu Menzikof.) Einen Gruß von Natalien. —

Menz. Gott! Lebt sie?

Cyrilla. Ja!

Menz. Wo? Wo?

Cyrilla. (auf ihr Herz deutend.) Hier!

Menz. Grausames Weib!

Cyrilla. (ihm ein Blatt überreichend.) Das von ihr! —

Menz.

Menz. (es haftig ergreifend.) An mich?
(muthlos.) Wer liest!

Czar. (lesend.) „Mein Bräutigam! Ich
sterbe ruhig, denn ich sterbe den Tod der Unschuld. Noch im letzten Augenblicke, ganz erfüllt vom stärkenden Troste des Wiedersehens
jenseits, küsse ich sogar die mir sonst so werthe
Hand, die mein Todesurtheil unterzeichnet hat;
Verschmähe das kleine Andenken nicht, das
du aus den Händen meiner Freundinn em-
pfängst, und lebe wohl. Auch jenseits des Grabes liebt dich deine Natalia.“ (eine Pause.)

Cyrilla. Nun, Feldmarschall? Gelüstet
euch nicht nach eurem Andenken? — Ein Andenken, das ihr wahrlich nicht verdient. (geht
ab; eine Pause; alles ist in banger Er-
wartung.)

Fünfzehnter Auftritt.

Natalia von Cyrilla geführt. Vorige.

Czar. Ist es möglich?

Menz. (im Taumel zwischen Täuschung und Gewißheit zu Nataliens Füßen
stürzend.) Gott!

Tzudof. Der Himmel hat mein Flehen
erhört.

Natalia. Alexander!

Menz. O mich Elenden!

Czar. Löst mir das glückliche Räthsel!

Cy-

Cyrilla. Im letzten Augenblick seines Lebens bekannte Amilka die Unschuld seiner Tochter. Mitschuldige bestättigten seine Aussage. In dem Augenblicke erschollen tausend Stimmen: Rettung! Rettung! Natalia ist unschuldig. Das Volk drängte sich auf die Bühne, rettete Natalien aus den Händen der Henker, begleitete uns jubelnd hieher.

Czar. Dem Himmel sey Dank!

Natalia. (will den Menzikof aufheben.) Mein Bräutigam! Mein Alexander!

Menz. O mich Elenden!

Natalia. Augenblick des unaussprechlichsten Wiedersehens!

Menz. Ich wag es nicht, zu dir hinaufzublicken.

Natalia. O was könnte mein Herz in einem solchen Augenblicke nicht noch alles verzeihen!

Menz. Natalia!

Czar. Edle, große Seele! darf auch ich hoffen?

Natalia. O mein Czar!

Czar. (den Menzikof aufhebend.) Steh' auf, Herzog von Ingermannland.

Menz. (den Czar umarmend.) Mein Czar! mein Freund! (dann in Nataliens Arme.) Natalia! mein Weib!